오계(五季)의 대화

국립중앙도서관 출판예정도서목록(CIP)

오계의 대화 : 김형식 제2시집 / 지은이 : 김형식. -- 서울 : 한누리미디어, 2016
p. ; cm

ISBN 978-89-7969-727-8 03810 : ₩10000

한국 현대시 [韓國現代詩]

811.7-KDC6
895.715-DDC23 CIP2016026913

김형식 제2시집

오계의 대화
五季

한누리미디어

빛과 어둠이 보금자리를 만들어 놓은 내 뜨락에 가을이 지나가고 있다.

버들이 눈(芽)을 밀어 내 봄을 알리는지 엊그제 같은데 여름을 찍고 나무들 잎을 내리고 있다. 흩날리는 낙엽들을 한 잎 두 잎 주워 모아 둥지에 품고 빛의 부화를 기다린다.

알이 닭이 되고 그 닭이 알을 낳아 돌고 돌아 모든 이의 밥상을 풍요롭게 하고 구미(口味)를 돋구어 주듯 갈잎들 당신의 텃밭에서 고고한 별빛을 꿈꾸고 있다.

오솔길에서 낙엽을 밟으며 별들의 친구가 되어 주었으면 좋겠다. 낙엽을 태우는 당신, 행복했으면 좋겠다. 나의 작은 소망을 기원한다.

부족함을 느끼면서 더 높은 곳을 향해 계단을 오르는 마음으로 시집을 낸다.

이 시집이 나오기까지 작품해설을 맡아주신 홍윤기 교수님, 여주현 시인님, 그리고 시창작과 시집 발간에 있어 여러모로 도움을 베풀어주신 분들과 사랑하는 여식 김정서, 자부 이경륜, 아내 이신경 님께 고마움을 전한다.

이천십육년 시월

정문골 움막에서 **김 형 식**

차례 Contents

시인의 말 … 9
작품해설/ 文明批評의 純粹敍情詩化 作業 · 홍윤기 … 149

제 1 부 봄—입춘

20 … 희망
21 … 어머니의 파란 하늘
22 … 입춘
23 … 봄을 캐는 처녀야
24 … 옛날에 그 길은
25 … 둥지
26 … 고향 그르메
27 … 상춘객
28 … 꽃잎은 지고 있는데
29 … 홍부네 텃밭
30 … 할미꽃, 그 자줏빛 흔적
31 … 김삿갓
32 … 쑥국새 울고 울어

제 2 부 여름―휴양림

34 … 세월이여
35 … 주는 마음
36 … 지구가 이상하다
37 … 휴양림
38 … 갈등
39 … 복사꽃 따라
40 … 여기는 망향의 동산
41 … 아주 가시는 건 아니시죠
42 … 피안의 언덕으로
43 … 메아리를 찾고 있다
44 … 기도
46 … 댕댕이 덩굴

차례 Contents

제 3 부 가을-누이야

48 … 무엇을 쓸고 있는가
49 … 독다리
50 … 선물
51 … 누이야
52 … 세상의 빛
54 … 사립문에 기대어
55 … 나그네여
56 … 땔나무꾼
58 … 가을의 초상
59 … 님아 가지 마오
60 … 큰절 삼배

제 4 부 겨울—설화

64 … 석양에 기대어
65 … 꿈속에 그 외진 밤길
66 … 설피가 남긴 흔적
67 … 겨울밤은 깊어 가는데
68 … 겨울 나그네의 독백
69 … 발렌타인 데이
70 … 한파
71 … 겨울밤에
72 … Y변호사의 하루
73 … 설화
74 … 어랑어랑 어허야~
76 … 하늘밭에 키운 장맛

차례 Contents

제 5 부 오계절—대봉새

78 … 오계의 만남
79 … 오계의 대화
80 … 언제 비울까
81 … 내려놓으라
82 … 집착은 꽃이다
84 … 대붕새
86 … 칠쟁이 만복이
88 … 하늘의 눈
90 … 은행나무
91 … 중도의 생사관
92 … 너는 과연 누구인가

제6부 당신은 보름달

96 … 고향달
97 … 할미꽃 아지매
98 … 네 모습
99 … 달아 별아, 지아야
100 … 당신은, 보름달
101 … 압록강
102 … 청풍명월
104 … 신의 초상
105 … 님이 있어 자랑스럽습니다
106 … 장부출가생불환
107 … 가을밭에 서리라
108 … 다산 정약용

차례 Contents

제 7 부 거들떠보는 초상

110 … 난득호도
111 … 동행
112 … 간을 보지 말라
113 … 진리의 빛
114 … 여심
115 … 시인 여상현
116 … 고사
118 … 칡덩굴
120 … 피보다 진한 사랑
122 … 거들떠보는 초상

제8부 가는 길을 묻는다

124 … 하루살이
125 … 여자는 말이야
126 … 사투리의 혼
128 … 수염
129 … 당신은 빛을 보았소
130 … 가을과 마주앉아
131 … 세월
132 … 가는 길을 묻는다
133 … 2016세계명상대전 축시
134 … 그림자
135 … 그 섬에 가고 싶다

차례 Contents

제 9 부 이것입니다

138 … 자유를 찾아서
139 … 꽃소식
140 … 마음의 눈
141 … 사람의 눈
142 … 망상 피우지 말라
143 … 우리집 보살
144 … 심우도
145 … 봄의 색깔
146 … 썩은 쥐를 물고 있는 솔개
148 … 이것입니다

제 1 부

봄—입춘

희망
어머니의 파란 하늘
입춘
봄을 캐는 처녀야
옛날에 그 길은
둥지
고향 그르메
상춘객
꽃잎은 지고 있는데
흥부네 텃밭
할미꽃, 그 자줏빛 흔적
김삿갓
쑥국새 울고 울어

희망

구름 덮인
저 높은 산
그곳에 오르고 싶다

망망 해(海)
떠있는 섬
그곳에 가고 싶다

뜻 있는 곳
희망이 있어
이루어지지 않겠나

어머니의 파란 하늘

겨울이 지나가는 당신의 하늘 끝에
봄기운 가득 풀어 잔설을 녹여내고
빈 독에 물을 채우고 장독뚜껑 열어 놓았습니다

양지 볕 항아리는 마음을 우려내고
검푸른 씨 간장독 속에 종부(宗婦)의 얼굴 떠 올립니다
"어젯밤에 우리 어머니 다녀가셨네"

항아리 가득가득 파란 하늘 담아 놓고
뭉게구름 한가로운 어머님의 둥근 하늘
"손 없는 맑은 날에 메주를 안치라 하셨지요"

겨울이 지나가는 장독 속 하늘에는
당신을 그리는 마음 봄으로 가득합니다
아지랑이 일렁이는 어머니의 파란 하늘

입춘

봄[춘, 春]은
깨달음[각, 覺]이라
이름 없는 들풀들도 잘 알고 있는데

나는,
아직도 봄을 만나지 못했다

업이 두터워서일까

있는 것도
없는 것도 아닌
본래부터 있는 그 봄을
지금도 나는 찾고 있다

나는 누구인지
왜 사는지
어디로 가는지?

안개
걷히는 날
나는, 나의 봄을 보리라

봄을 캐는 처녀야

텃밭에 냉이들이
숨바꼭질하자 한다
봄볕을 즐길 때는 나 여기 있소 하더니만
호미 들고 캐려 들자 어디에 숨었느냐

냉이야 숨지 말고
얼굴 좀 보자구나
너는 지금 모를 거야 술래의 이 마음을
꽃샘추위 털어내고 봄으로 가자구나

술래야 봄처녀야
봄을 캐는 술래야
아직도 들녘에는 겨울로 매서운데
너의 봄은 어찌하고 냉이만 캐려 드느냐

술래야 봄처녀야
봄을 캐는 술래야
꽃샘바람 춥다 한들 몇 조금이나 가겠느냐
우리 함께 얼싸 안고 봄으로 봄으로 가자구나

*조금 : 한 조금은 15일. 바닷물의 높고 낮은 때를 정해 1년을 24조금으로 나눔

옛날에 그 길은

초여름 밤하늘에
성근 별빛 내려앉으면
풀벌레 슬피 울어
그 길을 가끔 가곤 합니다

옛날에, 그의 길은 님을 만나러 가는 길

지금도 그 길 숲엔
*찔구꽃이 흐드러졌는데
그 님은 어디에서
둥근달을 기다리고 있을까
옛날에, 그의 길은 님을 만나러 가는 길

노랗고 하얗게 흰
님의 향기 그리워서
찔구꽃 활짝 피면
자꾸만 눈물이 납니다
옛날에, 그의 길은 님을 만나러 가는 길

*찔구꽃 : '찔레꽃' 의 전라도 서남부권 사투리

둥지

장미꽃 한 송이

까투리 한 마리
여명을 털고 날아간다
뜨락에 빨간 장미꽃
이슬을 머금고 청아하게 피어 있다

한 떨기 꽃을
피워 올리기 위해
까투리는 밤을 지새 알을 품었나 보다

우리의 희망

어린 아이와
눈을 맞추면
간절한 기도가 절로 난다
어머니 품에 안겨 옹알거리고 있는 이 아이

튼실하게 자라나서
이 *오탁악세(五濁惡世)에
동량(棟梁)이 되었으면 좋겠다

우리는 희망을 품는 둥지

* 오탁악세 : 죄악으로 가득한 세상

고향 그르메

친구야, 친구야 우리
고향에 가자구나
봄바람 살랑이고 꽃들이 바람이 나
벌 나비 불러 모으면
친구야, 우리도 고향에 가자구나

뒷개에 물 빠지면
허기를 달래가며
고동 줍고 *찔기미 잡던 깨복쟁이 친구야
막걸리잔 돌려가며 향수를 달래보자

복사꽃 *그르메에
유자 향기 그리워서
고향이 그리워서 잠 못 이루는 쑥국새
친구야, 친구야 우리 고향에 가자구나

*찔기미(찔게미) : 칠게의 남도 방언
*그르메 : 그림자의 옛말

상춘객(賞春客)

4월의 상춘객은
꽃으로 배가 부르다
면사포 곱게 쓰고 기다리는 벚나무들
화사한 철쭉꽃으로 터질 것 같은 산책길

우리는 봄에 취해
신랑신부가 되었다
꽃바람 살랑살랑 발걸음 설레인다
젊음의 시장기를 마음껏 채워가자

누가, 수양버들 뻥 튀겨서
면사포를 만들었는가
나폴나풀 나비들이 비단길에 흩날린다
팡파르 어서 울려라 신랑신부 나가신다

꽃잎은 지고 있는데

"벚꽃이 아름답다"
아내의 밝은 미소
"가까이 다가와요" 셀카에 담아두자
"이것 봐요 참 예쁘다 당신이 더 고와요!"

석촌호 산책길에
벚꽃이 피는 소리
아쉬워 하르르르 꽃잎이 지는 소리
내 님은 어찌하라고 꽃잎은 지고 있는가

이 봄이 가기 전에
꽃잎이 다 지기 전에
당신의 체온까지 가슴에 담아 두고 싶어
벚꽃 길을 걷고 있네 꽃잎은 지고 있는데

홍부네 텃밭

양지 밭 귀퉁이에
봄의 씨앗을 뿌린다
다독다독 정성 들여 마음의 씨를 묻는다
상추동초 푸성귀야 쑤욱 쑥 자라거라

탐스레 자라거든
손주 녀석들 불러 모아
삼겹살 구워 가며 추억도 만들어 주고
이웃사촌 모셔다가 오붓한 정도 나눠야지

오가는 길손들이
내 집 앞을 지나면
시골인심 맛 좀 보라고 한 움큼씩 뽑아주자
상추동초 푸성귀야 쑤욱 쑥 자라거라

홍부는 양지 밭에
봄의 씨를 묻어 놓고
허리 펴고 하늘을 훔쳐 남쪽 들녘 바라본다
"제비야 강남제비야 놀부집에 가거든
놀러 오시라 전해라"

할미꽃, 그 자줏빛 흔적

무상이 남긴 흔적
할머니, 꼬부랑 할머니
할머니 얼굴 좀 들어
하늘을 쳐다보세요
무슨 죄가 그리 많다고
자식 낳아 키운 죄 밖에 없는데…

자줏빛 혈륜의 흔적
할머니, 꼬부랑 할머니
할머니 힘내세요
손녀가 왔습니다
손녀집을 찾아가다
쓰러져 꽃이 된 넋이여

*백두옹(白頭翁) 충신의 흔적
할머니, 꼬부랑 할머니
신문왕은 설총의 우화를 듣고 깨달은 바 있어
왕자의 계감(戒鑑)으로 살았다는
할미꽃, 그 자줏빛 흔적

*백두옹 : 할미꽃

김삿갓

생각에 잠겨 있는 마늘밭에 허수아비
마늘쫑 뽑다 보니 그리움이 쫑긋쫑긋
우리 어매 설운 삶이 하나 둘 뽑혀 난다

적막한 들녘에는 뻐꾸기 둥지를 날고
찔구도 아직 여린 배고팠던 그 시절에
시장기로 허기진 배 꺾여 버린 당신의 허리

뻐꾸기 뻐꾹 뻑꾹 왜 그렇게 살았던가
조랑박 퍼질러 놓고 무슨 세상 보겠다고
원망인가 그리움인가 보고 싶은 미운 당신

그렇게 나는 아니 살 거야 당신처럼 아니 살 거야
새끼들이 무엇이길래 그 고생하고 살았는가
나는 그렇게 아니 살 거야 당신처럼 아니 살 거야

울컥한 이 마음을 마늘밭에 쏟아 놓고
발길을 돌려 세우는 나는 과연 누구인가
정처 없이 떠나가는 나는 불효한 김삿갓

쑥국새 울고 울어

오월이 오는 소리 꽃비가 내리는 소리
작약꽃 피는 소리 님이 오는 발자국 소리
꽃잎마저 떨어져도 오지 않는 사람아

작약꽃 피이던 날 오신다던 내 님아
쉼 없이 내린 비는 가슴까지 젖어 드는데
길이 멀어 못 오시나 꽃잎은 지고 있는데

*쑥국새 울고 울어 작약꽃을 피워 놓고
당신을 기다리는 쑥국 쑥국 이 마음
꽃잎이 뚝뚝 떨어져 시들어 버린다 해도

그래도 당신을 기다리며 작약을 피워 올려
찬연한 나의 봄을 사랑하고 있을래요
쑥국새 쑥국 쑥쑥국 내 님은 언제 오려나

*쑥국새 : 산비둘기의 남도 사투리. 봄에 쑥이 새순을 낼 무렵 '쑥국 쑥쑥꾹' 하고 산비둘기 구슬피 울어 붙여진 것으로 보인다. 옛날 옛적 배고팠던 시절의 시어.

제2부

여름—휴양림

세월이여
주는 마음
지구가 이상하다
휴양림
갈등
복사꽃 따라
여기는 망향의 동산
아주 가시는 건 아니시죠
피안의 언덕으로
메아리를 찾고 있다
기도
댕댕이 덩굴

세월이여

지겹다 하지 마소
가고 나면 아쉬울 테니
매미가 울어 쌌소
세월을 잡고 울어 쌌소
모두들 아쉬워하는데
당신만 지겹다 하오

무덥다 하지 마소
가고 나면 아쉬울 테니
매미가 울어 쌌소
15야(夜) 짧은 생이 너무 아쉬워
짝을 찾아 울어 쌌소
세월을 잡고 울어 쌌소

뜬구름 잡지 마소
바람 불어오면 바람 따라
세월이 가기 전에
땡볕을 안고 즐겨 보소
오곡이 영글고 있소
세월을 잡고 영글고 있소

주는 마음

허허, 참 행운이다
백 년만에 핀 고구마꽃
어젯밤 고구마 밭이 수상하다 했더니
별들이 숨어들어서 사랑을 나누었구나

어디 좀 보자구나
치마 좀 걷어 보자
남치마 고쟁이 속에 감추어 둔 햇고구마
올망졸망 귀엽다 야 오지게도 달렸네

몸조심해야 한다
멧돼지 조심해라
내가, 지켜주마 애들이나 잘 돌봐라
그놈들이 눈치 채면 금년 농사 끝장이다

나는 잘 알고 있지
네 마음을 알고 있어
추석에 몸을 풀어 친척들 불러 모아
바리바리 싸 들려서 보내는 그 즐거움을

※고구마 꽃말 : 행운

지구가 이상하다

이놈의 무더위는
언제나 꺾이려나
귀뚜리 우는 소리 가을인가 했는데
푹푹 찌는 열대야는 청양고추 씹는 맛

더위를 잊고 싶어
죽부인을 껴안고
우물가 등목소리 비몽사몽 즐기다가
잠에서 깨어나 보니 아직도 찜통더위

지구가 화가 나서
몽니를 부리는가
이것을 두고 자업자득(自業自得)이라 했는가
내 탓이요 네 탓이다 지구가 이상하다

지구가 말을 건다
도와 달라 손짓한다
중력을 잃고 나서 쓰러지면 끝장이다
내 탓이요 네 탓이요 지구가 이상하다

휴양림

잣나무 하늘을 향해 활시위를 당긴다
화살이 지난 자리 햇빛 들어 길을 내고
그 길 따라 하늘 높이 떠오르는 울창한 숲

청태산 휴양림에 숨어 있는 잣나무 집
도심 속 더위를 피해 찾아든 길손에게
피곤한 몸 내려놓고 쉬어 가라 손짓한다

솔바람 산들산들 계곡물은 졸졸졸
넓은 숲 깊은 골에 요정들이 찾아와서
밤하늘 은하 속으로 별구경 가자 한다

언제, 우리들이 마음을 비워 보았던가
황량한 가슴 열고 숲을 가득 채워가자
도심으로 가져가서 이웃과 함께 나누자구나

맑은 물 깨끗한 공기 조잘대는 새들 소리
주인은 누구인가 당신은 이방인인가
우리 함께 가꾸어 가자 아름다운 우리 숲

갈등(葛藤)

생명을 귀히 여겨 살생을 마다하는 남편과
풀잎만 흔들려도 등골이 오싹하다는 아내가
상추밭에 마주앉아 지심을 매고 있는데

기다란 짐승 한 마리 텃밭으로 기어든다
"뱀이다" 소리치고 장화발로 밟고 서서
이놈을 어떻게 하지 망설이고 있는데

아내가 삽을 건네며 처리하라 애걸복걸(哀乞伏乞)
팽팽한 갈등 속에 흔들리는 이 마음
이놈을 없애야 하나 살려주어야 하나

아니야 그건 안 돼 이놈도 살 권리가 있어
아내를 설득해서 녀석을 놓아주자
텃밭에 푸성귀들도 고개를 끄덕끄덕

복사꽃 따라

그을린 정지간은
그대로 있던가요
복사꽃 오는 때엔 마을이 들썩들썩했지요
주꾸미 회무침에 *탁배기 한 툭시발 내놓고

"회맛은 촛국맛이다" 하시던 울어매
그 손맛 아부지는 흐뭇해 하셨지요
*앵병을 기울여서 조물조물 묻혀 내놓은 그 맛

어매가 나누어 주었던
촛병의 초파리는 어느 집 정지간에서 잘 익어가고 있을까
싯국싯국 주꾸미 나면 복사꽃 따라 나도 가야지

*탁배기 : 우리나라 고유의 술, 막걸리의 방언
*앵병 : 촛병의 방언

여기는 망향의 동산

기다리고 있었습니다 어서들 오십시오
이곳은 대한민국 당신들의 조국땅
기다리고 있었습니다 어서들 오십시오

얼마나 보고파 했던가
그리운 조국 산천이여
꿈속에서만 바라보았던 내 조국 대한민국이여
이제는 조국의 품속으로 돌아오셨습니다

고난의 긴 긴 세월 다 견디어 내시고
한 송이 꽃이 되어 무궁화 꽃이 되어
이곳 망향의 동산 조국의 품속으로
돌아오셨습니다

이제는 우리 조국이 지켜 드리겠습니다
햇빛이 되고 별빛 달빛 되고 벌 나비 두견새가 되어
우리가 지키겠습니다 대한민국이 모시겠습니다

조국의 품속 이곳 망향의 동산에서
고난의 세월 다 잊어버리시고 영면하소서 편히 잠드소서
꽃으로 무궁화 꽃으로 이 조국을 영원토록 노래하소서

아주 가시는 건 아니시죠

가시려 가시려나
아주 가시는 건 아니시죠
어디로 가시는지 고향으로 가시는지
기다리고 있을게요 꼭 돌아와 주세요

은하의 밤하늘에
까막까치 불러 모아
난꽃 지는 그 자리에 오작교(烏鵲橋) 다리 놓고
당신을 기다리오니 다시 피어 오소서

별 하나 꽃잎 하나
북두칠성 등대삼아
직녀를 기다리는 견우의 일편단심
가시려나 가시려나 아주 가시는 건 아니시죠

피안의 언덕으로

장마를
털고 서자
흰 구름 하늘을 날고
호수는 바람을 타고 항해를 시작한다
분수를 쏘아 올려라 물보라 돛을 달아라

구름도
춤을 추고
푸르름도 춤을 춘다
옥색 빛 호수 위에 춤추는 물결 따라
그리움도 춤을 추고 내 마음도 춤을 춘다

바람아
불어다오
나를 데려가 다오
갈대밭 뒤안길로 당신이 머무는 그곳
하늘 끝 마음에 고향 피안의 언덕으로

메아리를 찾고 있다

별들이 민둥산을 수색하고 있다
고라니가 헐레벌떡 실종 신고를 했다
무자비한 벌목으로 너부러진 나무들

하늘을 찌를 듯한 신음소리 애잔하다
아무리 둘러봐도 찾을 수 없는 숲의 요정
야호야호 불러봐도 대답 없는 메아리

앞산이 깨어나면 뒷산이 깨어나고
먼 산에 솔개가 뜨면 모두가 일어서서
메아리, 메아리로 숲을 보호했는데

메아리가 실종되었다는 사실이 알려지고
인간들의 오만함이 만천하에 드러나자
숲의 식솔들이 산골에 모여들어
목 놓아, 목을 놓아 울고 있다

하나를 얻기 위해 열을 버리는 짐승들아
꿀물만 핥지 말고 병든 지구를 바로 보라
잃어버린 메아리는 어디 가서 찾을 것인가

기도(祈禱)

하늘을
날아오른
외로운 천년학이여

오늘은
바람 타고
어디로 가시려나

그 길에
빛이 있으니
희망의 나래를 펴소서

하늘을
날아오른
외로운 천년학이여

오늘은
바람 타고
산문에 들어서려나

그 길은
희망의 길
빛으로 다시 오소서

댕댕이 덩굴*

절벽을 보며 나는 신발 끈을 졸라맸다
다들 포기해야 한다고 만류했을 때 나는 두 주먹을 불끈 쥐었다
댕댕이 덩굴은 허공에 손을 내밀어 햇빛을 거머쥐고
절벽을 기어오른다

가장 낮은 자세로 절망을 뛰어넘고 나아간다
이제는 더 이상 오를 게 없다고 생각했는데 또 유리창문이다
더듬더듬 기어오른다 희망의 끈을 놓지 않고 절벽을 기어오른다
댕댕이 덩굴은 바람을 휘어잡고 드디어 입원실 창문을 두드린다

해냈다 내가 이겼다

오늘 밤에 꽃송이를 내달고 친구에게 희망의 메시지를 전해야지
내 사전에는 절망은 없다
"너도 할 수 있어 어서 일어나 우리 함께 파란 꿈을 키워가자"
댕댕이 덩굴은 내일은 또 흑진주 열매를 주렁주렁 달고
하늘을 엿볼 것이다

*댕댕이 덩굴 : 황해도 이남에 서식하는 목본성 덩굴로 6~8월에 황백색 꽃을 달며, 열매는 10월에 짙은 군청색 또는 흑색으로 포도처럼 달린다

제3부

가을-누이야

무엇을 쓸고 있는가
독다리
선물
누이야
세상의 빛
사립문에 기대어
나그네여
땔나무꾼
가을의 초상
님아 가지 마오
큰절 삼배

무엇을 쓸고 있는가

대숲에
이는 바람
가다가 멈춰 서서

뜨락을
쓸고 있는
그림자에게 묻는다

"세월을
쓸고 있는가
낙엽을 쓸고 있는가"

(『보리피리』 제5집에 게재)

독다리

추억을 꺼내 들고
*독다리에 서 있다
굴 따러 섬에 가신 *어매를 기다리며
동생을, 등에 업은 여섯 살 난 어린 아이

눈물을 꺼내 놓고
석양을 바라본다
배고파 울어 쌌는 어린 것을 눈에 넣고
뻘밭을 헤매었을 우리 어매 우리 어매

독다리 서성이며
어매를 기다리던
그때, 그 아이가 반백으로 돌아와
추억을 꺼내어 들고 독다리에 서 있다

*독다리 : 돌로 만든 다리의 남도 방언. 고흥군 도양면 삼불리 독다리
*어매 : 엄마의 남도 방언

선물

가다가 멈춰 서서
내 자신을 돌아본다
지친 몸 부축하고 귀가하는 오솔길
그래, 내가 너무 했어 이것은 아니었는데

오늘은 나에게도
선물 하나 해야겠다
들국화 한 송이 꺾어 가슴에 꽂아 주어야지
그래야 조금이나마 용서를 구하지 않겠나

백발이 성성토록
부려먹기만 했었지
이제 와 나를 보니 왜 이리 측은한지
들국화 한 송이 꺾어 가슴에 꽂고 웃는다

누이야

잎새에
숨어 이는
수줍은 누이의 얼굴
가을의 길목에서 바람에 흔들리다
겨울밤 하늘 끝에서 까치 되어 오려나

설익은
땡감으로
뫼로 간 누이 생각에
가던 길 멈춰 서서 주워 든 풋감 한 알
누이야 너는, 지금 어디서 엿보고 있느냐

볼그레
연지 찍고
뛰어나올 것만 같은
톡하고 떨어진 풋감 나는 너를 보고 있다
누이야 감나무 끝에 까치밥 몇 알 남겨 놓겠다

세상의 빛

우리 집 강아지는
달구라고 부르고
이웃집 강아지는 검둥이라 부른다
이 세상 모든 것들은 이름을 가지고 있다

외손녀 산고 끝에 세상에 태어나자
이름을 짓느라고 온 가족은 축제 분위기
이보다 더 큰 즐거움이
또 어디 있을까

손녀는 젖을 물고
단꿈을 꾸고 있고
예쁜 이름 점지해 달라 하느님께 기도하며
온 가족 은하 속에서 손녀의 별을 찾고 있다

이름은 영혼의 별
하늘이 내려준 선물
그 속에 길흉화복 앞날이 훤히 보이니
그 누가 이 인연을 소홀히 할 수 있는가

조상님이 쌓아 놓은 태산 같은 선근 있어
점지 받은 아름다운 별 그 이름, 외손녀 김도연(金度燃)
세상의 빛이 될 거야

사립문에 기대어

"오메,
우리 어머니
어디 갔다 인자 왔나"

어매를
쏘오옥 빼닮은
구름 속에 보름달

"어머님
그간 편안하셨지요"

저 달을
두고 두고
보았으면 좋겠다

나그네여

지는 해가
서산 위를
걸어가고 있습니다

어디로 가시지요

여보시오
나그네여
당신은 지금 어디로 가시지요

땔나무꾼

지게목발 두드려 가며 땔감을 찾고 있다
삭정이 어디 없나 숲속을 헤매는데
후드득 부엉이란 놈 찬물을 퍼붓고 가네

세월이 삭아 녹은 이름 없는 묵뫼여
콧날은 어디 두고 얼굴은 어디 두었는가
발밑에서 "나 여기 있소" 모습을 드러낸다

어르신 미안하오 극락왕생하소서
누대를 이어가며 자손 발복 이루시고요
관세음 관세음보살 합장하고 기원하다

눈을 들어 살펴보니 참나무 한 그루가
유택을 짓밟고서 건방을 떨고 있다
이놈들 괘씸한 놈들 천륜도 모르는 놈들

나무에 퍼대는지 후손들에게 퍼지르는지
혀를 차가며 톱을 들이대고 헉헉대며 잡아 눕힌다
영가님의 덕분으로 땔감을 얻었소이다

내 영혼 지게에 지고 목발을 두드리며
산길을 내려오니 해는 서산에 걸려 있다
관세음 관세음보살 땔나무꾼 관세음보살

가을의 초상(肖像)

창밖에
기대서서
비를 맞고 있는 사람아
이 마음 갈 곳 잃어 거리를 헤매는데
너는 지금 초연(招然)하게 그 누구를 기다리는가

초록의
그리움인가
별에서 온 어린왕자인가
단풍잎 너를 보며 아픔을 달랬는데
나는야 어찌 하라고 너만 가려 하느냐

가려면
어서 가라
주저 말고 떠나거라
세월의 낙엽 속에 그리움을 묻어 놓고
춘삼월 이 거리에서 너의 봄을 기다리겠다

님아 가지 마오

으악새
언덕길에
서성이는 세월아
내 님을 꼬드겨서 어디로 가려 하는가
이 가을 내 품안에서 그냥 설피 울게 두어라

울다가
울다 지쳐
쓰러져 기대 오면
내 너를 끌어안고 이 밤을 같이 하리라
이 가을 내 품안에서 그냥 설피 울게 두어라

네 하얀
머리 위에
별빛 내려앉으면
은하의 침묵 속으로 너를 안고 가리라
이 가을 내 품안에서 그냥 설피 울게 두어라

큰절 삼배

초면인 사람에게는 "안녕하십니까" 라든가
구면인 사람에게는 "반갑습니다" 하면서
몸에 밴 예를 표하는 것이 인사였는데

편지를 주고받을 때도 정중히 예를 갖추어
건강을 기원하며 배상, 올림, 등등으로
마음을 주고받으며 인사를 나눴는데

요즘은 스마트시대라 카톡 카톡 정보를 나누다 보니
친분과 격에 맞추어 오고 가는 인사말들도
줄이고 또 줄어들어 "꾸벅, 절, 큰절" 하게 되었다

우리 집 손주놈은 "할아버지 안녕 큰절" 한다
그것이 인사냐며 다시 하라 일렀더니
그래도 지딴에는 예의를 갖춘다고
"ㅇ ㄷ ㄹ ㅋ ㅈ(엎드려 큰절)" 하지 않는가

빙그리 웃으며 나도 친구에게 "꾸벅" 하고 보냈더니
키! 키! 키! 좋아하며 꾸벅 꾸벅 답이 온다
언제부터 우리 인간이 언어를 사용했지

태초에 *나족(裸族)들은 몸짓언어로 소통했다
자랑스러운 우리 한글 24자
*신미대사 영전에 ㅋㅈㅅㅂ(큰절삼배)
꾸벅꾸벅꾸벅

*나족 : 발가벗은 족속(화엄경에 25만 가지 생물의 우두머리는 인간)
*신미대사 : 한글 창시의 주역

제4부

겨울—설화

석양에 기대어
꿈속에 그 외진 밤길
설피가 남긴 흔적
겨울밤은 깊어 가는데
겨울 나그네의 독백
발렌타인 데이
한파
겨울밤에
Y변호사의 하루
설화
어랑어랑 어허야~
하늘밭에 키운 장맛

석양에 기대어

세월이
가는 건지
마음이 가는 것인지

노을빛
섧다 말게
해는 다시 떠오르니

육신은
황혼 속으로
영혼은 여명 속에서

꿈속에 그 외진 밤길

막차도 떠나고 없는 허허로운 차부에는
땅거미 밀려들어 갈 길은 멀고 먼데
선연한 부모님 얼굴 발길을 재촉하네

내딛는 발걸음에 길을 내준 어두움도
외로운 침묵으로 별을 에워 설운 밤
어서 가자 칠십리길 울 엄니 기다리신 곳

운 좋은 그 언젠가는 우마차도 얻어 탔지
오늘은 먼 마을에 호롱불만 졸고 있고
간간이 들리어 오는 개 짖는 소리 반갑구나

어둠 속 신작로 길을 더듬어 따라가다
연둥산 끼고 돌아 칠십리 외진 밭길
조용히 잠들어 있는 삼불리 들어서니

꿈속에 그려 보았던 집은 허물어져
간 곳 없고 부모님 봉산에 누워
고향을 지키고 계시는데
내 영혼 샛별이 되어 꿈속을 헤매이네

설피(雪皮)가 남긴 흔적

깊은 밤
누군가가
외양간을 들러 간다

처마 밑
달구(개) 녀석
알면서도 짖는 일이 없다

굶주린
고라니 식구들
*설피를 또 찍고 갔다

*설피 : 눈이 많은 산간 주민들이 신바닥에 덧대어 신는 덧신

(『불교문학』 21호에 게재)

겨울밤은 깊어 가는데

깊은 밤 홀로 앉아
어둠을 삭히는디
앞산에서 들려오는 고라니 울음소리
길을 잃은 몸짓인가 달구(개)가 짖어 쌌는다

아내가 카톡 카톡
눈사람을 보내왔다
한파가 다시 왔다며 눈이 많이 온다며
군불, 단디이 넣고 감기 조심하란다

귀여운 눈사람이
꾸벅 꾸벅 절한다
염려랑 놓으시고 단꿈 꾸라 이른다
빨간 머리 눈사람에게 고마워서 꾸벅 꾸벅

겨울 나그네의 독백(獨白)

빗물로 내리다가
이슬로 내리다가
수증기로 오르다가 수줍어 오르다가
정금산골 바람 끝에 눈꽃으로 오신 나그네

물, 물로 흐르다가
낮은 곳으로 흐르다가
혼탁한 이 세상을 끌어안고 흐르다가
갈대숲 바람 끝에 *상고대로 오신 나그네

먹물을 찍어다가 무엇이라 쓰려다가
시인 묵객 너를 안고 독야백백(獨也白白)
노래하다가 하이얀 너의 가슴에
*상선약수(上善若水)라 쓰는 나그네

*상고대 : 강가 수증기의 승화로 생긴 얼음의 결정체. 나무(수상, 樹霜)나 풀잎에 앉은 서리
*상선약수 : 최고의 선은 마치 물과 같다는 노자의 무위사상을 물의 성질에 비유한 말

발렌타인 데이

사랑을 보내주는 이
내게 있어 설레인다
예쁘게 포장이 된 당신의 달콤한 마음
사랑을 받을 수 있는 이 내게 있어 행복하다

산촌 습지에서부터
시작한 사랑 이야기
개구리 개굴개골 사랑을 주고받는 소리
마음에서 마음으로 숲속에서 길거리로

들불로 번져나가
세상을 달구어간다
2월 14일은 발렌타인 데이 사랑을 고백하는 날
당신은 지금 어디에, 어디에 계십니까

그곳이 어디인지
나에게 알려 주세요
수줍어하지 말고 문을 열어 주세요
개굴개골 고백합니다 개골개골 받아 주세요

※ 발렌타인 데이는 3세기 후반에 순교한 그리스도교 성인 발렌티노의 축일에서 기인되었다고 하나 '새들이 교미를 시작하는 날' 이라는 로마전설도 있다.

한파

형상도 없는 놈이 온갖 트집은 다 잡고
어제는 남쪽에서 오늘은 북쪽에서
오두방정 떨어가며 니놈이 주인의 간을 봐?

한강이 결빙되면 수도가 얼어 터진다
수도가 얼어 터지면 서민이 얼어 붙는다
불청객이 한파주의보 이겨 내는 방법은 없나

한강이 반향(反響)한다 침묵을 깨고 수상하다
노량진 나들목이 결빙을 시작했다
여의나루, 마포, 잠실, 광진나루도 빙판을 깔고 있다

힘깨나 쓰는 놈은 여의도로 모셔가고
우리같이 없는 놈들은 쪽방촌으로 밀어붙이는
우라질 놈에 이 매운 한파 언제까지 볼 것인가

매운 파 듬뿍 넣고 된장찌개나 끓여내자
꽁꽁꽁 얼어붙은 서민 마음 녹여내자
얼어붙은 바람바람 코가 맵고 눈물이 짜다

겨울밤에

별들이 굴뚝을 타고 내려온다는 겨울밤이면
산촌 너와집 식구들은 두레상에 모여앉아
점괘 없는 점을 치며 *뉘를 고르곤 합니다

온 가족 둘러 앉아 이야기꽃을 피웁니다
우리 할매 장거리 밑천으로 팥을 고르고 있습니다
“점괘가 잘 나오느냐” 할배가 물으신다

“네” 하고 빙그레 웃자
시집가는 점괘 들고 할배가 웃으신다
“신랑감 고를 때는 뉘 고르듯 해야 한다”
할매가 잔기침 놓으며 허리등을 펴신다

“예헤히 지가 어린애유” 해 보지만, 모두가 팥으로 보인다
눈에 콩깍지 씌면 쭉정이가 바로 보일까
콩당콩당 가슴 뭍으로 겨울밤이 흐른다

*뉘 : 쓿은쌀. 등겨가 벗겨지지 않는 채로 섞인 벼 알갱이. 이곳에서 는 돌멩이, 쭉정이를 말함.

Y변호사의 하루

직업에 충실하고
판사를 설득하기 위해
쓰고 또 쓰고 고치고 또 변론하며
세상을 쓰고 또 고쳐 나간다
세상을 바꾸기 위해 변호사는 소설을 쓰고 있다

그물에 걸리지 않는
새가 되고 싶어서
유유히 날개 펴고 창공을 날고 싶어
소설 속에 새 한 마리
오늘도 날개를 달고 있다

푸드득 푸드드득
거미줄을 피해가며
하늘을 날고 싶은 날개 없는 새 한 마리
그곳에 자유가 있어 Y변호사는
오늘도 소설을 쓰고 있다

설화(雪花)

정금산 둘레길에
눈꽃이 내려 오셨다
하얀 꽃 손끝에는 연두 잎이 숨어 있고
그 눈꽃 가슴 속에는 꽃과 벌 나비 잠자고 있다

달과 별이 술래 돌고
햇님이 너를 품었으니
꼬옥꼭 숨어 있거라 치맛자락 보일라
어머니 젖을 물고 새근새근 꿈을 꾸어라

봄날에 잎새들 일고
꽃들 잠에서 깨어나면
벌 나비 모여들고 산새들도 노래할 거야
빛으로 아름다워라 *아르데미스 신이여

*아르데미스(다이아나, 디아나)신 : 숲을 사랑하는 신. 빛으로 모든 아름다움을 창조하는 달의 여신

(『불교문학』 제21호에 게재)

어랑어랑 어허야~

어랑어랑 어허야~
송구영신(送舊迎新) 한해가 바뀐다
덩실덩실 춤을 추자 ×자식들, 주인도 몰라보고
밥그릇 싸움이나 하고 이번엔 개밥그릇 뺏아뿔자
*된소금 한 바가지 목구멍에 처넣어
시궁창 똥구멍에서 아리수가 콸콸 쏟아지게
그래야 이놈아들이 상전을 알아볼 것 아니여

느그도 마찬가지여 구경만 하는 자식들
하늘이 무섭지 않는가배 타령이나 한 곡조 해뿔자
신고산이 우르르르 화물차 가는 소리에~
햇님이 돌아왔다 꿈을 안고 돌아왔다
어제는 지는 해가 그리 야속하더니
오늘은 떠오르는 해 *상서(祥瑞)롭다 크게 웃어라

어서들 일어나라 꿈을 찾아 나서자
빈 배는 바다에서, 백마는 광야에서
희망이 기다린다 어랑어랑 어허야

새해가 시작되었다 액맥이로 곱사춤이라도 추어보자
움츠러들지 말고 온몸으로 추어보자

어이, 임자, 이 풍진 세상 요로코롬 살아서 되겠는가

이놈아, 돛을 높이 올려라 고삐를 꼭 잡아야 한다
놓치면 천 길 낭떠러지다
삶이 그곳에 있다 희망을 찾아 나서자

어랑어랑 어허야~

*된소금 : 마른 소금
*상서롭다 : 복되고 길한 일이 일어날 조짐이 있다

하늘밭에 키운 장맛

하늘에 별을 따서 항아리에 담아 놓고
메주를 동동 띄워 달과 해를 보자시던
어머니 그 애들에 그 애들이 훌륭하게 자랐습니다

그때는 철이 없어 시집살이 맵다 했었지요
추상같은 어머니가 왜 그리 야속했던지
장독에 하늘을 담아 희망을 키워 주신 우리 어머니

이 간장 곱게 익혀 애들에게 담아 보내며
"할머님 손맛이라 단단히 이르겠소"
하늘에 한을 담아 희망으로 삭혀 낸 우리의 장맛

그 지혜 이어 왔네 누대를 이어 가세
9천 년 민족의 저력 오늘에야 알 것 같소
하늘밭에 키운 장맛 이제야 알 것 같네

제 5 부

오계절—대붕새

오계의 만남
오계의 대화
언제 비울까
내려놓으라
집착은 꽃이다
대붕새
칠쟁이 만복이
하늘의 눈
은행나무
중도의 생사관
너는 과연 누구인가

오계(五季)의 만남[조우, 遭遇]

봄 여름 가을 겨울
세월이 가고 있다
종착역 어딘가로 그곳을 향해서
저만의 옷을 입고 쉼 없이 달려간다

기차에 몸을 싣고
가는 곳이 어디인지
가다가 돌아보니 왜 나는 이곳에 있는지
세월은 가자 하는데 가지 않고 멈춰 서서

옷자락 잡아끌며
통성명이나 하자는 이놈
이름은 제5계절이요 필명은 공(空)이라

허허허 이 양반 보소
꼭 한 번 만나고 싶은 친구 아닌가

소인명(小人名)은 중도(中道)로 땔나무나 하는 촌부인데
아궁이에 불을 지필 때는 색(色)이라 부른다오
우리 이렇게 만났으니 세상 이야기나 합시다 그려

오계(五季)의 대화

공(空)이 묻는다
“아궁이에 불을 지필 때라?
이는 무엇을 말하는 것이요”

중도(中道) 왈
“잔잔한 연못에 돌을 던지면
알 수 있으니 한 번 해 보시구려
마음도 이와 같음을 눈으로 볼 것이오”

그렇다면
“아궁이는 마음이고 불은 탐진치를 이름한다?
불을 지핌은 사계절이요
지피지 않음은 오계절로 보아도 되겠소?”

“그렇소 눈으로 보는 계절을 색이라 이름하고 무심(無心)으로 보는 계절을 공이라 하니 색도 공도 아닌 중도의 눈으로 보는 세상을 제 오계절이라 하오”

친구야, 우리
중도의 눈으로
이 세상을 보며 살아가자

언제 비울까

비우고 또 비워도
비워지지 않는 그릇
욕심이 많아선지 그릇이 작아선지
뽕나무 그늘에 앉아 오디를 주워 먹는다

이놈아 비켜 서라
주인이 따로 있다
달큼한 오디맛에 정신이 쏘옥 빠져
허스레를 떨고 있는 꼬막풀보다 작은 그릇

*달구는 먼 산 보고
관심도 없는데도
욕심만 채우고 있는 나는 과연 누구인가
비우고 또 비워내도 비워지지 않는 그릇

*달구 : 강아지

내려놓으라

화엄사
가시거든
내려놓고 오시라
절집에 오르는 길 우측 편에 돌다리
부처님의 언중사리가 그곳에 살고 있다

다리에
새겨놓은
'방하착(放下着)' 언중사리
눈 밝은 중생들이 이 다리를 지나면
부처님은 화엄계곡에 사리를 방생하신다

'방하착'
언중사리
방생하라 이르신다
마음을 비우시고 탐진치 내려놓고
화엄사 오르시거든 방생하고 오시라

집착은 꽃이다

나무가 흔들린다 바람이 하는 짓인가
동백꽃이 아름답다 마음이 하는 짓인가
바람도 마음도 아니요 집착 때문이었다

물건을 매매할 때 사고 팔고라 말하고
중생의 온갖 고통도 사고팔고(四苦八苦)라 하는데
오늘따라 이 말장난이 가슴에 메아리로 다가온다

여덟 가지 고통 가운데
생로병사(生老病死)를 피해 갈 장사 있는가
여기에 사랑하는 사람과 헤어지는
애별리고(愛別離苦)의 고통을 보태고
구하고 싶은 것을 얻지 못하는
원증회고(怨憎會苦)의 고통을 또 보태고
무상한 색 · 수 · 상 · 행 · 식 오온(五蘊)에 집착하는
구부득고(求不得苦)의 고통을 또또 보탠 데다

거기에다 자기 자신의 심신에 대한 집착에서 오는 고통
*오음성고(五陰盛苦)를 또또또 보태고 나니
이를 두고 사고팔고라

조용히 생각해 보니 물건을 사고 파는 것도
중생의 온갖 고통도 집착에서 비롯되었다
이 아둔한 머리 속에 파란 하늘이 보인다

*나비의 날갯짓에 나무가 흔들리고
동박새가 울음 울어 동백꽃을 피웠는가
집착은 고통이었다 아름다운 꽃이었다

* 오음성고 : 생멸 변화로 말미암은 고통
*나비의 날갯짓 : 나비 효과

대붕(大鵬)새

짐승들도 삶의 철학이 있다는 것을 모르는가
폭설이 힘겨울 때 가슴을 울게 하는 그들의 애잔한 배려
상식을 깬 메아리

산 넘고 또 산을 넘어 온누리를 울리게 하자
폭설이 힘겨울 때 서로 돕고 사는 미덕
정문골 김씨네 달구(개)와 누렁이가
고라니에게 베푼 사랑 이야기

산 넘고 또 물을 건너 온누리로 퍼지게 하자
훈훈한 풀무질로 호미를 만들어서
굳어진 인간의 마음을 일구어 봄을 캐내자

고전 속 성인들은 아직도 살아있다
알베르트(AIbert) 슈바이처(Schweitzer)는
생명에 대한 외경을 노래했다

"내가 어려서 철없이 죽였던 새들의 영혼은
지금 어디서 날으고 있을까"
조병화 님의 시 '참회' 에서 한 토막 훔쳐 왔다

깊은 밤 누군가가 외양간을 들러 간다
처마 밑 달구녀석 알면서도 짖는 일이 없다
굶주린 고라니 식구들 설피를 또 찍고 갔다

나는 짐승들에게서 생명에 대한 외경을 배웠다
내가 부끄러운 것은
지금까지 나는 울타리나 꿰고 날며 조잘대는
한갓 참새로 살아왔다는 것이다
이제는 세상 한복판에서 몸으로 노래하며
*대붕(大鵬)새로 하늘을 날으리라

* 대붕새 : 고대 중국의 전설에 나오는 서조(瑞鳥)

칠쟁이 만복이

벙어리 만복이가 난(蘭)을 치니 벌 나비 날아들고
산수화 그려 놓으니 사슴 노루 뛰어논다
그 향기 천리를 오고 가니
그 경지에 감탄하여 벗이 되었습니다

어느 날 만복이가 마음을 열어 보였소
그림을 배울 때는 화선지만 보이더니
3년쯤 지나서야 문방사우와 친구가 되었소

그러고도 10년이 흐른 다음에야
겨우 여백(餘白)이 보이더이다
그곳에 길(道)이 있음을 그때야 깨달았소
*관성후(管城侯)가 그 길을 쓸고 다녔지 나는,
한 장의 그림도 그린 바가 없소

나는 단지 *공부인(功夫人)일 뿐 칠쟁이가 아니라오
인명은 재천이라 하늘의 뜻이라 하면서
예술가의 수명은 *19년임을
모른다 하시겠소?

문혜군(文慧君)이 백정에게 양생(養生)을 배웠듯이

나는 오늘 친구에게서
깨달음(道)을 얻어 기쁩니다
당신은 예술의 장자, 마음을 비우고 우리 공부합시다

*관성후 : 문방사우(文房四友) 중 붓을 높여 부르는 것
*공부인 : 깨달음을 얻기 위해 수행하는 사람
*19년 : 영원한 삶(주역으로 보면 19년은 음의수 10과 양의수 9의 합으로 무한지수를 말함)

(『불교문학』 2016년 제21호에 게재)

하늘의 눈

스스락 스 락 스 락 대숲 속에 이는 바람
오늘은 나를 위해 피리를 불러다오
영원의 심연 속에서 사랑노래 불러주오

나는, 너를 위해 심청가로 답을 하리 내면의 깊은 골에서 네 영혼을 불러내어 우리 함께 한바탕 신이 나게 어울려 보자

"얼쑤" 닭~아 닭~아
너가 울면 날이 새고 날이 새면 나 죽는다
어.느.새. 동.방.이. 허.어.이. 밝.아.오.니
부.친. 진.지.나. 망.종. 지.어. 드.려.야.지.

"옳지", 불효녀식 청이는
아버지를 속였나이다 남.경.장.사. 선.원.들.께. 삼.백.석.에. 몸.이. 팔.려~
오.늘.은. 죽.으.러. 가.는. 날.이.오.니

불효한 심청이를 용서하여 주옵소서
아.이.고, 이.것.이. 웬.말.이.냐. 아가, 청.아.철.없.는. 이.자.식.아, 애.비. 서.러.움.을. 들.어.라.

너의 모친 너를 낳고 칠일 만에 죽은 후
앞.못.보.는. 이.애.비.가. 품.안.에.다.
너.를.안.고 .동.냥.젖. 얻.어.먹.여. 이.만.큼. 키.웠.는.데~

눈 팔아 너를 샀지 딸을 팔아 눈을 뜨랴
네.이. 선.원, 도.둑.놈.들.아. 장.사.도. 좋.지.마.는~
우.리. 청.이.가. 죽.으.러. 간.다.네.

스스락 스 락 스 락
대숲에 이는 바람
자지러진 몸짓으로 너를 안고 빙빙 돌며
나는 너의 품속에서 하늘에 눈을 뜨리라

(2015. 11. 15. 담양 죽녹원을 거닐며)

은행나무

낙엽 따라 어디론가 떠나고 싶은 것도
눈보라 치는 날엔 겨울옷으로 갈아입는 것도
환경에 적응하면서 살아남기 위한 본능이었다

꽃다운 젊은이가 서서히 늙어가고
바위산이 세월 앞에 진토가 되어가듯
이 세상의 모든 것들은 변하지 않는 게 없는데

너는 어찌 3억5천만 년을 독야청청(獨也靑靑) 홀로 서서
진화를 거부하고 시간을 망각할 수 있었느냐
그것이 알고 싶구나 입을 좀 열어다오

무아(無我)의 경지에 서니 세월이 비켜가더냐
살아서 숨 쉬고 있는 화석, 경이로운 친구야
무상한 변화 속에서 깨달은 바 있어 그랬느냐

너는, 알고 있지
이 우주의 비밀을
노오란 너의 잎에 써내려간 언어들을
이제는 읽어 내리라 그 비밀 알아 내리라

(『보리피리』 제5집에 게재)

중도(中道)의 생사관

무엇을 선택할까
수족관을 살피는데
광어가 좋아 보여 한 놈을 찍었는데
이놈이 푸닥 푸드닥 물 밖으로 끌려 나와
도마에 바로 누워 칼날 앞에 당당하다
생사의 갈림길에서 생을 포기한 외짝 눈
우리가 둘이 아니니 하고잡픈 말하고 가라

"*포정아 살살 다루라
내 죽음을 지켜보고 싶다"
숨부터 따지 말고 살집부터 뜨도록 하라
껍데기를 벗기고 있네 내장을 꺼내고 있네

머리와 뼈만 남기고 살집을 도려내는구나
야들야들 살을 저며 회를 뜨고 있구나
저것이 내 몸이던가 비단보다 더 곱구나

바다가 잠이 들고 갈매기가 날고 있다
정신이 혼미하다 뼈마디가 굳어져 간다
이것이 죽음이구나 모다 주고 가는구나

*포정 : 백정(白丁), 장자의 양생주(養生主)편에 문혜군과 포정 이야기

너는 과연 누구인가

파도에
몸을 맡긴
빛이 바랜 조가비

사르르
묻혔다가
스르르 얼굴 내밀어

무아의
경지 속에서
변신을 꿈꾸고 있다

얼마나
부서져야만
모래가 되는 걸까

얼마나
부대껴야
나를 볼 수 있을까

빌딩을
꿈꾸고 있는
너는 과연 누구인가

제6부

당신은 보름달

고향달
할미꽃 아지매
네 모습
달아 별아, 지아야
당신은, 보름달
압록강
청풍명월
신의 초상
님이 있어 자랑스럽습니다
장부출가생불환
가을밭에 서리라
다산 정약용

고향달

어디서 보았던가
그 도투룸한 *잎사구
언제적 기억인가 치자꽃 짙은 향기
그래, 그곳이었어 선이네 집 우물가

지금도 피었을까
살 고운 하이얀 꽃
대나무 울타리에 귀도 눈도 걸어 놓고
한 번 보고 또 보아도 다시 훔쳐보고 싶었던

그녀는 어디에 살고 있을까
행복하게 살고 있겠지
치자꽃 피고 지면 눈에 선한 고향달
휘영청 봉산에 떠서 고향을 지키고 있을까

* 잎사구 : 잎사귀의 방언

할미꽃 아지매

어려서 떠난 고향
이제사 찾아가 보니
옛집은 흔적 없고 매화꽃만 피어있네
정겨운 사투리 따라 가까이 다가서니

꼬부랑 할매 지팡이 짚고 서서
어디서 온 손이냐고
시절 인연 꺼내 놓고 "아지매" 하고 손을 잡자
오매야 이게 누구냐 고향 찾아 왔구나

이름은 *만년수고
성님은 천년수고
그 밑에 두 동생들, 누 이름은 딸맥이
"맞지야?" 주름진 할미꽃 향기 가슴을 젖게 하네

제비도 봄이 오면
옛집을 찾아 들고
매화꽃도 활짝 피어 고향을 지키고 있는데
나는 어찌 부끄럽게도 눈물만 흐르고 있는가

*만년수 : 필자의 아명

네 모습

눈 속에
숨는다고
흰둥이가 되는감

가면을
쓰지 말고
올곧게 살아가자

겨울비
내리는 그날
네 참 모습을 보리라

달아 별아, 지아야

밤송이
입을 열고
가을을 노래한다
후두득 떨어지는 빛이 고운 햇밤들
풀숲으로 굴러 간다 자유를 찾아 간다

세상을
보는 그 기분
신기할까 두려울까
출산을 준비하는 며느리 치마 속에서
밝은 빛을 기다리며 떨고 있을 생명 하나

요람을
탈출하려는
그 심정은 어떠할지
자유를 갈망하며 산문(山門)을 찾고 있을까
달아 별아 나오거라 걱정 말고 나오거라

※ 2015. 10. 5. 일산 아들집에서 밤을 줍고 있는 만삭인 우리 며느리를 보며. 10월 10일 예쁜 손녀 지아(芝我)가 태어나다.

당신은, 보름달

휘영청
저 둥근달
님께 따서 보내오니
저 달을 보시거든 가슴으로 품어 안아
이 가을 휘어지도록 풍요를 누리소서

당신은
밤하늘에
아름다운 보름달
잔잔한 달빛으로 세상을 비춰 보시고
소외된 그늘 없도록 살피고 또 살펴 주소서

당신은
이 세상에
희망의 빛이어라
자비로 베푸시고 희망으로 거두소서
나누는 님이 있으니 이 세상이 아름다워라

압록강

아 아 아
슬프도다
갈라진 조국이여
마음만 퍼지르고 바라보는 회한이여
강물은 흘러가는데 철길은 가자고 하는데

아 아 아
슬프도다
끊어진 철길이여
조국 땅 앞에 두고 건너지 못한 슬픔이여
너를 밟고 돌아서는 이 마음 서글프다

아 아 아
슬프도다
갈라진 민족이여
날조된 동북공정 울고 있는 홍산문화
언제쯤 희망을 이어 남북통일 노래할까

청풍명월(淸風明月)

두둥실
보름달이
마음을 끌고 가네

가는 곳
어디멘가
그곳이 고향 아닌가

나 옛적에
두고 온 산하
청풍명월 머무는 곳

지금은
고향집엔
누가 살고 있을까

추석이면
가족들 모여
송편을 빚곤 했었지

달아 달아
멈추어 다오
우리 부모님 좀 뵙고 가자

신의 초상(肖像)

길 위에 길이 있다 차마고도도 있다
그 길이 가다 보면 땅과 하늘과 구름 바람
돌멩이 야생화 풀 눈에 보이는 세상 모든 것과

상이 없어 보이지 않는 모든 것이 신이었다
오늘도 신은 길을 안내한다
차도는 *지가 길이라 하며
앞으로 나아간다 차가 그 길을 달려간다

막다른 골목에 다다른다 그 곳에 구멍가게가 하나 있다
희망도 판매하고 있다 그 별에 가는 차표를 한 장 샀다
신은 길을 안내한다 은하로 들어가는 길이다

신이, 전하는 대로 길은 앞으로 나아간다
하늘에 길을 내고 그 길로 나아간다
별들이 살고 있는 은하 속으로 걸어 들어간다

네비가 숨을 거두었다
신은 죽고 말았다
길은, 그 곳에서 여장을 푼다
내일도 차마고도는 비단길을 갈 것이다

* 지가 : 자기가

님이 있어 자랑스럽습니다

– 매헌 윤봉길의사 탄신 108주년 기념 축시

천기를 품어 안고 하늘을 날으다가
조국의 백두대간을 포효하며 헤매다가
예산 땅 도중도(광현당)에 몸을 풀어 일성하던 날

당신은 희망이었다 민족의 등불이었습니다
자립의 꿈을 품고 토열하는 젊은 호랑이는
목숨보다 더 소중한 조국을 선택했습니다

당신은 우리에게 희망의 빛이었다
백두산 호랑이는 온몸으로 울었다
풍전등화 조국을 끌어안고 몸으로 몸으로 울었다

국력을 키워야 한다 국력을 키워 내야 한다
왜놈들의 식민사관 그대로 두고 봐야 하는가
떼놈들의 동북공정 보고만 있어야 하는가

칼 없는 전쟁이다 홍산문화를 지켜야 한다
우리는 할 수 있다 국력을 키워야 한다
님이 있어 자랑스럽습니다 님이 있어 자랑스럽습니다

장부출가생불환

싸늘한 가을밤에 고향하늘 바라보며
님은 풀밭에 누워 무슨 생각했을까
이놈들아 말해다오 그때 윤봉길의사의 참모습을

손발이 묶인 채로 영어(囹圄)의 몸에 되어
처자식 부모 형제 생각에 눈물을 흘리더냐
모진 고문 회유해도 장부의 모습 그대로더냐

성곽의 기왓장들도
말할 수 있다는데
왜 너희 왜놈들은 말을 할 수 없느냐
목숨보다 더 소중한 내 조국을 선택하신

성인(聖人)의 참모습을 너희들은 분명히 보았느니라
장하다 장하도다 장부출가생불환(丈夫出家生不環)
시공(時空)을 떠난 그 자리에 주인이 되신 님이여

※ 사내대장부는 집을 떠나 뜻을 이루기 전에는 살아서 돌아오지 않는다. 출가 전 남기신 자신과의 약속, '장부출가생불환(丈夫出家生不環)' 1932년 12월 18일, 사형을 기다리며 보낸 8시간, 윤봉길의사는 시공을 떠난 성인(聖人)이셨다. 이름과 명예를 구하지 않고 무아(無我)의 경지에서 오직 조국과 인류의 평화를 위해 장부가 선택한 참 모습.

가을밭에 서리라

열대야
찜통더위
세월을 채찍질한다
빼꼭히 적혀 있는 8월의 징검다리
성큼성큼 뛰어넘자 가을바람 기다린다

피서가
여기 있다
더위를 밟고 지나가자
태양이 작열하는 삼복더위 속으로
뚜벅뚜벅 걸어가자 가을바람 기다린다

땀방울
청포도가
송알송알 익어간다
이 녀석 죽마고우 이열치열 함께 가자
너, 다시 돌아보며 가을밭에 서리라

다산 정약용

두 강이 용을 틀어 한강으로 흐른다
하늘이 선택한 땅 남양주 두물머리
정약용 선생의 영혼이 살아 숨 쉬고 있는 곳

사적지 기행 중에 선생님의 고견을 듣는다
심기가 불편하여 목민들을 꾸짖는다
*'작은 산이 큰 산을 가린다' 며 야단을 치신다

시공을 뛰어넘는 다산의 나라사랑
18년 유배생활 중에 저술한 492권의 저서
그중에 목민심서는 공직자의 필독서다

거중기를 개발하여 수원화성을 축조하고
1790년 28세의 나이에 용산과 노량진을 잇는
한강의 첫 번째 다리, 배다리도 만들었다

선생의 꾸지람에 몸 둘 바를 모르겠다
그 업적 보고 들으니 나는 왜 이리 작아지는지
실록의 이 하얀 밤을 목민심서와 같이한다

*다산 정약용 선생이 7세에 지었다는 시의 시어. '작은 산이 큰 산을 가리는 것' 은 그 산이 자리한 원근이 다르기 때문. 우리 모두 읽고 깨우쳐야 할 시어.

제 7 부

거들떠보는 초상

난득호도
동행
간을 보지 말라
진리의 빛
여심
시인 여상현
고사
칡덩굴
피보다 진한 사랑
거들떠보는 초상

난득호도(難得糊塗)*

강물에 솟아 있는
바위가 위태하다
바위처럼 살지 말고 물처럼 살라 한다
부딪치면 깨어질 듯 바람 불면 날아갈 듯

능력은 숨겨두고
바보처럼 살라 한다
이 험한 세상살이 알면서도 모르는 척
도마뱀의 위장술을 배워가며 살라 한다

누구나 말로는 다
바보처럼 살라지만
잘난 척 뽐내다가 정을 맞은 모난 돌들
바보처럼 사는 것이 왜 이리 어려운지

*난득호도(難得糊塗) : 혼탁한 세상에 자기의 능력을 드러내 보이면 화를 당하기 쉬우므로 자기의 색깔을 감추고 그저 바보처럼 사는 것이 어렵다는 것. 인생의 교훈.

동행

스탠드 불빛 깔고
책을 읽는 중이다
책장을 넘기려 하는데
좀벌레 한 마리가 하얀 여백에 기어든다

그래 독서를 하자는 거지!
나도 책을 읽는 중이야
책속에서 보물을 찾고 있거든
녀석은 미동도 하지 않는다

그냥 두면 흰색에 눌려
희생될 것만 같고
밀어내자니 손끝이 상처를
낼 것 같아 망설인다

귀를 열어라
내가 책을 읽어 주마
살며시 불어서 밖으로 모셔 놓고
책장을 넘겨 동행한다

간을 보지 말라

음식의 *간을 보고
입맛에 맞추는 것과
사람의 간을 본다는 것이 왜 이리도 다를까
간을 봐 뜻으로 보니 세상이 삼천포에 가 있다

요즘은 위정자들이
국민의 간을 본다
여론이 저러하니 우린들 어떻게 하겠소?
철학도 정체성도 없는 정신 나간 친구들

*저공(狙公)의 조삼모사(朝三暮四)도
정체성을 가지고 민주주의 방법으로
잔나비들에게 의사를 물었는데
하물며 사람들이야 서로 간을 봐서 되겠나

*간을 보다 : '간보다'는 '간을 보다'와 달리 전라도 사투리로 '대들다, 덤비다'의 뜻.

*저공의 조삼모사 : 중국의《열자(列子)》'황제편'에 원숭이를 좋아하는 저공이 먹이가 부족하자 원숭이들에게 "아침에 3개, 저녁에 4개씩 주겠다"고 하자 그들은 화를 냈다. 이에 저공은 곧 말을 고쳐 "아침에 4개, 저녁에 3개를 주겠다"고 하자 그들이 좋아하였다는 우화에서 나온 고사성어.

진리의 빛

눈이 있어
세상을 보는가
빛이 있어 세상을 보는가

심청이
애비를 속이고
성상댁 마님께서
공양미 삼백 석을 마련해 주셨다고 하자
심봉사 고마워서 지금 당장 인사를 가겠다고 한다

심청이
날이 밝으면
가시라고 여쭌다
봉사는 밤이나 낮이나 매한가지라 이른다
이 슬픈 이야기 속에 숨어 있는 삶의 진리

눈과 빛이 없어도 세상을 살아갈 수 있는 자
세상에 빛이 될 것이다 세상의 진리를 볼 것이다

여심

앙상한 나무들 사이를 바람과 함께 걷고 있다
이 땅에 여인들이 나목(裸木)으로 몸을 바꾸어
머리에는 땅을 이고 하늘을 딛고 서있다

여자는 여자는 말이야 다 알고 있다는 것이다
혹한의 창공을 향해 여심(女心)을 드러내는 것은 세상을
지배하고 싶은 욕망 때문이라는 것 남자들은 더 잘 알고 있다

벚꽃은 이렇게 해서 피고 버찌도 이렇게 해서 열리는 것이다
석촌호 벚나무들은 부끄러움도 하나도 없이
*가랭이 깊은 음색을 하늘에 드러내 보이고 서있다

여자는 여자는 말이야 다 알고 있다는 것이다
그래서 그렇게 해서 종족을 퍼뜨려 왔거든
나무는 나무는 말야
이 모든 것을 다 알고 있다는 것이다

*가랭이 : 가랑이의 전라도 방언

시인 여상현*

덧없는 세월 속에 흔적만 남았구려
인걸은 가고 없어도 봄날은 다시 왔도다
여상현(呂尙玄) 선생님은 한산(韓山) 여주현(呂主鉉) 시인의 백씨(伯氏)

바람에 구름 가듯 살다 간 나그네여
그물에 걸리지 않는 바람, 바람이 되어
내 조국 이 산야를 얼마나 헤맸던가

성황당 돌무더기 느티나무 그림자
당신을 기다리며 놓을 수 없었던 지난 세월
화순 동면 샘골에 놓고 가신 빨간 자전거
그 숨은 뜻을 이제사 알 것 같습니다

당신의 예지력을 그때는 읽을 수 없었습니다
자유여 내 조국이여 한 많은 38선이여
이제는 걸림 없으니 이 땅에 편히 영면하소서

* 여상현 선생은 1914년 전남 화순군 동면(샘골) 451번지 출생하여 1936년 『시인부락』 동인으로 등단. 서정주 시인 등과 시인부락 활동. 1939년 연희전문학교 졸업, 해방 후 조선문학가동맹에 가입하여 납북. 시집 《칠면조(七面鳥)》(1947) 상재. 해방기 우리의 시문학사에 큰 족적을 남긴 시인으로 평가, 재조명됨.

고사(告祀)

돈돈 돈으로 재갈이 물린 고사상 돼지머리
생과 사의 강을 건너 무명초 삭발하고
보살이 된 귀한 몸으로 빙그레 웃고 있다

선정에 들어서서 세상을 보고 있다
마음을 비우지 않고 무엇을 얻으려 하는가
어서 술잔을 올려라 너의 소원 들어 보자

액운은 가져가고 좋은 일만 점지하라고
조상님들 산신님들 복 많이 주시라고
돼지가 웃는걸 보니 돈 많이 벌겠다고

이놈들아 돈돈돈 구하지 말라 돈은 돌고 도는 것
복복복 구하지 말라 복은 베푸는 대로 거두는 것
인연 따라 길흉화복은 오고가는 것 모르는가

꿀꿀꿀 하고 산다고
너희들 눈에는 내가 돈 덩어리로 보이는가
돈[전, 錢]과 돼지[돈, 豚]가 어원이 거시기한가
돼지가 되어야지로 들려 희망이 보이는가

생목숨 참수해 놓고 꾸벅꾸벅 복을 구한다고
허튼소리 하질 말고 내 말 잘 듣거라
그릇을 비워내고 덕부터 쌓아라
이놈들아 알겠느냐

칡덩굴

눈앞에 장애물이
장애물이 있을 때
주위를 살피면서 조심조심 끼어든다
순간을 놓치지 않고 행동으로 옮긴다

저것은 라이벌
라이벌이라 느낄 때
두어 걸음 기어가다 뿌리를 땅에 박고
칡덩굴은 더듬더듬 잡히는 대로 휘어 감는다

세상이 방심할 때
이때가 기회다 하며
바람이 꼬드겨도 전혀 흔들리지 않고
오른쪽에서 왼쪽으로 바짝 쪼며 감고 돈다

어제도 그저께도
도둑고양이 기듯 하더니
한낮에 다시 보니 몇 뼘은 더 꼬아 갔다
희망을 꼬고 또 꼬아 결국에는 숲을 삼키겠다는 것이다

오늘도 손을 내밀어
허공을 휘어잡고 갈등을 이겨 나간다
세상을 다 덮을 때까지 멈추지 않는다는 것이다
이제는 보란 듯이 흔들흔들 유유자적 자주색 꽃뭉치까지 매달고

피보다 진한 사랑

아이를
품에 안고
미소 짓는 저 여인

입양으로
얻는 자식
입양하여 얻는 부모

피보다
진한 사랑
사랑으로 키운 자식

모자가
손을 잡고
정답게 걷고 있다

가슴으로
낳은 자식
사랑으로 키운 자식

피는, 물보다
진하다 했던가
그 피보다 진한 건 사랑이어라

거들떠보는 초상(肖像)

친구야 저문 들녘 오솔길 가생이로
하얗게 깨어나는 망초 꽃길을 보았는가
그 길 따라 걷다 보면 말을 타고 걷는 듯하이

달빛에 스러져 누운 메밀꽃이 아니더라도
허생원이 나귀를 타고 '동이' 와 함께 걷고 있다네
장돌뱅이 그 녀석 말일세 나도 왼손잡이이거든

이렇게 예쁜 꽃을 개망초라 하다니
눈과 귀는 마음이 시키는 대로 보고 듣고 하는 것
마음이 없는 그 자리에서 세상을 보아야 하그만

아상, 인상 중생상 수자상(我相, 人相 衆生相 壽者相)을 버린다면
그곳이 바로 중도(中道) 깨달음의 자리가 아닌가
지도무난 유혐간택(至道無難 唯嫌揀擇)이라
지극한 도는 어렵지 않으나 오직 간택함을 꺼릴 뿐이지

제8부

가는 길을 묻는다

하루살이
여자는 말이야
사투리의 혼
수염
당신은 빛을 보았소
가을과 마주앉아
세월
가는 길을 묻는다
2016세계명상대전 축시
그림자
그 섬에 가고 싶다

하루살이

그놈이
천년을 사는
학의 삶을 어찌 알겠소

두세요
그냥 두세요
찬바람 불고 있소

처서도
벌써 지났으니
그놈의 입이 온전하겠소

여자는 말이야

ㅇ · ㅡ · ㅣ(天 · 地 · 人)
그중에 그중에서 말이야 천지를 안을 수 있는 건 인간이지
그런데 그런데 말이야 누가 남자를 안을 수 있지?

여자야, 어머니야 우리를 낳으신 어머니
천 · 지 · 인 하나 되면 영원한 빛이 되고
그 빛은 우주를 움직이는 여자의 마음이라는 것

이 세상 모든 여인들이여
그대들은 빛이어라
그 빛이 나비가 되어 세상을 밝힐 수 있도록
한 움큼 빛을 뿌려 주위를 밝게 하소서

훨훨 날아 어두운 곳에 빛의 씨앗을 뿌리고
그 씨앗 또 빛이 되어 이 땅에 사랑과 평화를 뿌리고
여자는 여자는 말이야 이 우주의 주인이어라

사투리의 혼(魂)

씹으면 씹을수록 감칠맛 나는 우리 김치
이제는 자랑스러운 지구촌의 먹거리
그 맛을 소중히 여겨 잘 보존해야 되지 않겠나

역사를 왜곡하느라 혈안이 된 왜놈, 되놈들 앞에
무기력한 8천만 우리 민족을
하나로 묶어 내는 보이지 않는 힘, 김치

놈들은 우리의 9천년 역사를 마음대로 잘라내고
거짓을 버무려서 김치에 소를 박듯 박아 놓고
자기네 것이라고 역사를 훔쳐다가
자기네 것이라 우겨대는 도둑놈들에게

김치의 DNA를 확실하게 밝혀내서
도둑맞은 9천년 우리 홍산문화를 복원하고
역사의 정체성을 찾아내야 되지 않겠나

짜고 맵고 *게미가 있는 전라도의 맛
고들빼기김치 갓김치 배추포기김치
얼얼하고 매운맛 나는 경상도
콩잎김치 우엉김치 부추김치

소박하고 담백한 맛 황해도의
호박김치 동치미 고수김치 등등등

이렇게 개성이 넘치는 맛으로 지역을 아우르는
짭조름한 김치를 생각만 하고 있어도 군침이 자르르 돌고
입에 넣으면 고향 산천 부모형제 친구생각 생각에
아삭아삭 정이 절로 씹히는 우리 김치

그런데, 그런데 말이야
그 맛을 꼭 닮은 것이 하나 있는데
그것이 바로, 그것이 바로, 그 우리 사투리가 아닌가

*게미 : 씹을수록 고소한 맛, 그 음식에 녹아있는 독특한 맛을 뜻하는 남도 방언

수염

분노, 저항으로 침묵이 입을 연다
태양을 모셔다가 라면 끓여 나누고
폭풍우 천둥번개까지도 둥지 만들어 가두었다

가부장 권위마저 짓밟아 버린 세상
단발령 내릴 때도 선비의 체면을 지켰다
그런데도 당신은 나의 흔적까지도 지우고 있다

할퀴고 설킨 피 한강 뚝방 기어 넘을 때
그때도 잠실 뽕밭은 기를 쓰고 푸르렀다
할 일이 있어 행복했지 그런데, 이게 뭐야

무슨 악연으로 싹수마저 잘라 버리느냐
그래도 좌절하지 않고 희망의 끈을 꼭 잡고
너 세상 끝나는 날까지 나 당당하게 칼날 앞에 서겠다

(『보리피리』 제5호에 게재)

당신은 빛을 보았소

이런들
어떠하고
저런들 어떠하겠소

세상사 모든 것이
풍운(風雲) 사이에 달인 것을

*록원, 그 가련한 몸
너무 나무라지 마소

님은, 그 몸 있어
하늘에 빛을 보았소

눈 있고 귀가 있어도
빛을 못 본 친구들을 위해

열심히
기도합시다
최후의 심판이 다가옵니다

*록원 : 강창석 시인

가을과 마주앉아

공원길
포장마차
가을과 마주앉아
술잔을 기울이며 기다리는 그 사람
가을밤 추억 속에서 나를 찾고 있을까

당신은
당신은 지금
어디에 계십니까
오가는 사람들 중에 행여 그녀의 뒷모습을
오늘은 뵐 것만 같아 기다리고 있습니다

희미한
불빛 속에
오고가는 사람들
기다려도 오지 않는 긴 머리 그 여인
가을과 마주앉아 당신을 기다립니다

세월

빼꾸기
둥지 위로
날아가는 당신은

넌넌을
뒤로 하고
어디로 가시나요

목련꽃이
피는 소리
목련꽃 지는 소리

가는 길을 묻는다

단풍잎 떨어지니
마음이 설레이고
하늘이 드높으니 여행을 떠나고 싶다
누구와 동행할까 당신이었으면 좋겠다

가을을 걸으면서
과거를 돌아보며
가을을 호흡하며 오늘을 사랑하고
가을과 마주앉아서 내일을 그리고 싶다

차 한 잔 앞에 놓고
가을을 마셔가며
가을을 사랑하다 가을이 미워져서
갈잎에 써 내려간 눈과 귀의 티끌들

갈잎이 지는 소리
세월이 가는 소리
낙엽 밟는 소리에 가는 길 멈춰 서서
낙엽을 태우며 내 가는 곳을 묻는다

2016세계명상대전 축시

문득 가슴이 가슴이 뜨거워지며 눈물이 흐릅니다
나무들이 낙엽을 버리는 그 마음을 알고 싶어
비워내도 채워지는 이 마음 비우고 싶어

세상사 무거운 애고 내려놓는 법 배우려고 여기에 왔습니다
금세기 세계 불교계를
대표하는 최고의 영적 스승 아잔간하
아잔브람 심도선사, 혜국 스님과

소중한 인연 맺게 해 주신 각산 스님께 감사합니다
행복의 길 지혜의 길로 가는 텃밭으로 인도해 주소서
고기를 잡는 법과 씨앗을 뿌리는 법을 배워 가겠습니다

이 대전이 종교 간의 벽을 허물고
건강한 정신세계로 나아가는 초석이 되고
우리들의 지친 영혼과 아픔을 치유 받을 수 있기를 발원합니다

명상수행을 통해 행복과 평화의 씨앗을
뿌릴 수 있는 이 소중한 인연 축하합니다

그림자

세월의 흐름 속에
반짝이는 물비늘
그 빛은 환영인가 그리운 그리움인가
그림자, 드리우고 드러내놓고 가소서

그림자는 상이 만들어 낸 실체 없는 환영
이제 와 알고 보니 그림자는 마음이었네
오늘도 나는 빛 아래서
또 다른 그림자를 만들어가고 있다

나무의 그림자는
자라서 그늘이 되고
시간의 그림자는 자라서 세월이 되지만
사람의 그림자는 자라서 무엇이 되는가

있는 것도 아니요 그렇다고
없는 것도 아닌 인간의 그림자는
하늘을 품어낸 이 우주의 주인

그 섬에 가고 싶다

저 바다 흰 돛단배 타고 그 섬에 가고 싶다
그녀와 단둘이서 샹그릴라를 찾아서
젊음이 샘솟고 있는 그 섬에 가고 싶다

파도가 철석철석 갈매기는 끼악끼악
바닷가 백사장에 그려 놓았던 그 얼굴
지금도 생각나는데 누가 훔쳐 갔는가

그 흔적 파도일까 바람일까 꽃일까
꽃이면 다시 피고 바람이면 어서 불어라
파도야 춤을 추어라 태양아 눈을 감아라

그 사람 다시 만나 그 섬에 가고 싶다
하늘과 땅이 하나 되어 신음하는 파도소리
갈매기는 끼악끼악 파도는 철석철석

제9부

이것입니다

자유를 찾아서
꽃소식
마음의 눈
사람의 눈
망상 피우지 말라
우리집 보살
심우도
봄의 색깔
썩은 쥐를 물고 있는 솔개
이것입니다

자유를 찾아서

쏴아악 철석철석 살아 숨 쉬는 해변
파도는 모래밭에 삶의 이야기를 쏟아놓는다
물같이 살고 싶어서 자유를 찾고 싶어서

천년은 부딪치며 둥글게 구르더니
만년을 부서지며 모래밭을 만들고
그래도 좌절하지 않고 변화를 시도하고 있는 몽돌

파도가 되고 싶어 자유를 찾고 싶어서
끝까지 포기하지 않는 인고의 긴긴 세월
희망의 끈을 놓지 않고 변화를 추구하고 있다

몽돌은 부서져서 모래가, 모래가 되고
모래가 부서져서 또 갯벌이, 갯벌이 되고
갯벌이 변화해서 파도가 될 때까지
쉬지 않고 도전한다는 것이다

이제는 더 이상 변할 수 없을 것이라고
다들 생각하는데도 몽돌은 또 빙그레 웃으며
변화를 시도하고 있다
대자유인을 갈구하는 인간의 욕망도 이런 것일까

꽃소식

도처에 꽃이 피니
산과 들은 봄이라 한다
내 마음 깊은 곳에 꽃은 언제 피려는가
아직은 이른 봄이라 꽃을 보지 못했다

친구의 꽃소식은
석양으로 기우는데
나 홀로 산골에서 누구를 기다리는가
처마 밑에 풍경소리 이 마음을 아는지

봄바람 뜨락을 쓸고
무심으로 달아나는데
마음을 쓸고 있는 이놈은 누구인가
뎅그렁 덩그렁 뎅뎅 군불이나 지피라 한다

굴뚝에 하얀 연기 하늘로 길을 내니
그 길 따라 가다 보면 꽃피는 소리 듣겠지
이 마음 쓸고 있는 이놈은 누구인가
뎅그렁 뎅뎅 바로 이것이다

마음의 눈

처마 밑 풍경소리
누가 가지고 노는가
바람도 아니란다 풍경도 아니란다
마음이 하는 짓이니 귀를 열고 들으라 한다

마당에 솔 그림자
누가 가지고 노느냐
달님도 아니란다 소나무도 아니란다
마음이 하는 짓이니 눈을 뜨고 보라 한다

세월이 가는 소리
누가 가지고 노는가
시간도 아니란다 눈도 귀도 아니란다
마음이 하는 짓이니 항상 깨어 있으라 한다

마음이 오고감은
누가 가지고 노는가
풍경도 그림자도 세월도 아니란다
마음이 하는 짓이니 심안(心眼)으로 지켜보라 한다

사람의 눈

깊은 밤 어둠 속에
눈을 감고 앉아서
조용히 오감을 열고 마음을 살펴본다
주위에 머물고 있던 어둠은 서서히 물러나고

그 너머 마음자리에
강이 하나 흐른다
숨소리 풍경소리 시공을 끌어안고
도도하게 도도하게 강이 하나 흐른다

. . . .
\- - - - - - - - - - - - - -
*3×6 = 10+8 = 10+8+1 = 19
영원히 강은 흐른다

*3연의 3행에서, 3(천지인)×6(천부경 81자의 중심숫자) = 18은(양의 수 9의 2개를)+1 = 19는 음과 양이 합일되는 무한지수를 말함이니.

망상 피우지 말라

사다리를 타고 소나무를 손질하고 있다
한 발은 옹색하게 허공을 딛고 서서
눈물을 흘리고 있는 소나무와 마주한다

손끝에 전정가위는 솔순을 잘라 내고
화두의 칼은 번뇌를 자르려 하지만
마음 밭에 잡초들은 어쩔 수가 없구나

만법귀일 일귀하처(萬法歸一 一歸何處)
만 가지 진리의 법은 하나로 돌아가는데
그 하나는 어디로 돌아가는가

망상 피우지 말라
만법도, 하나도 모두가 공(空)한 것
번뇌가 법인 것을…
백팔배 참회예불 도량을 쓸고 있다

우리집 보살

가는 봄
오는 가을
마음이 하는 짓이라?

그래요
여보 당신
보살이 다 되었소

가고 옴이
여여하니
당신은 보살입니다

심우도(尋牛圖)

미몽에 꽃을 따라
걷다가 멈추다가
"왜 내가 여기에 있지?" 화들짝 놀란 목동
말뚝에 고삐를 매고 다시 돌아봅니다

철 따라 씨를 묻고 꽃이 피면 같이 웃고
하다가 이웃 따라 길을 나선 선재동자
그 기분 잡고 서 있는 허허로움이 이런 것일까

고장 난 벽시계는
시간을 멈추게 하지 않는다
고삐를 풀어 잡고 소를 몰고 집으로 가자
구멍 없는 피리 불며 봄을 그리는 선재동자

무엇을 그려 놓았는지
찾을 수가 없구나
두리번해 보아도 그냥 텅 빈 허공뿐
소도 없고 나도 없는 터엉빈 심우도

봄[각, 覺]의 색깔

쑥쑥쑥 밭 언덕에
봄의 영혼이 깨어난다
대지가 캔버스 위에 밀어 내놓은 흔적들
반가운 어린 것들이 쑥쑥 마음을 내민다

어머니 품속에서
자기 색을 드러내는
민들레 쑥부쟁이 이름 없는 어린 생명들
저만의 색깔을 풀어 희망을 노래하는데

이 봄날 내 모습은 무슨 색으로 보일까
연두, 초록일까 아니면 연분홍일까
봄 속에서 살고 있는 나는 원래부터 무색인데도

연두니 초록이니 연분홍이니 하면서 허상을 붙들어 잡고
망상들 피우지 말라

무색으로 살아가자 이것이 봄이다

썩은 쥐를 물고 있는 솔개

– 어느 문학상 이야기

空間이
없는 자리에서
세상을 보면
가을 터럭이 태산보다 크고

時間이
없는 자리에서
세상을 보면
세살 전에 죽은 어린아이가

팔백년을
살다 간 팽조보다
오래 사는 격이라 하였으니

탐진치(貪瞋痴)
놓아버리고
시공(時空)을 떠나
살아가는 것이 도리인 것을

눈먼 자식들
썩은 쥐를 물고 있는 솔개,
눈이 먼 자식들…

(『보리피리』 제5집에 게재)

이것입니다

뜨락에 남실바람 꽃을 시샘하고 있다
벚나무 흔들어서 꽃잎을 흩날리고
처마 밑 *핑경 울려 마당을 쓸고 있다

이놈아 그만둬라 낮잠이나 한숨 하자
꽃잎도 핑경소리도 내려놓고 있는데
너는 어찌 놓지 않고 빗자루 들고 있느냐

봄바람 남실남실 꽃잎 지는 소리에
눈꺼풀 잡고 있는 이놈 보고 웃는다
보는 놈 놓아 버리니 비몽사몽 무릉도원(武陵桃源)

바람에 흩날리는 벚꽃 잎이 묻는다
쉼 없이 흩날리며 "너는 누구냐?" 묻는다
덩그렁 뎅, 뎅그렁 덩, 뎅 뎅 뎅 이것입니다

*핑경 : 풍경의 남도 사투리

文明批評의 純粹敍情詩化 作業

— 김형식 제2시집《오계(五季)의 대화》

홍윤기
일본센슈대학 대학원 국문학과 문학박사(시문학)
국제뇌교육종합대학원대학교 국학과 석좌교수(현재)
한국문인협회 고문/국제펜클럽 한국본부 고문(현재)

붓을 들면 詩는 누구나 다 쓸 수 있다. 다만 詩人은 그가 과연 詩人으로서의 천품(天稟)을 타고났느냐 아니냐로서 상호간의 그 큰 차이점이 나타나기 마련이다. 그가 天稟을 타고난 詩人이라고 한다면 그는 장차 반드시 빼어난 좋은 詩를 쓸 수 있다고 본다. 그러나 그가 훌륭한 詩를 쓰기 위해서는 어김없이 그의 피나는 시어 탁마(琢磨)로써만 이루어지게 될 것이다. 나는 詩人 김형식에게서 머지않은 날 韓國詩壇을 감동시킬 만한 탁월한 작품이 생산될 것을 기대하면서 이 拙文을 독자 여러분 앞에 내놓기로 했다.

예컨대 김형식에게서도 素月의 〈진달래 꽃〉이거나 李章熙의 〈봄은 고양이로다〉, 또는 木月의 〈나그네〉, 永郞의 〈돌담에 속삭이는 햇발〉, 白石의 〈개〉와도 같은 그런 일생일대의 名品이

반드시 나올 그 날을 기다리기로 하면서 무딘 붓을 敢히 들었다.

4월의 상춘객은
꽃으로 배가 부르다
면사포 곱게 쓰고 기다리는 벚나무들
화사한 철쭉꽃으로 터질 것 같은 산책길

우리는 봄에 취해
신랑신부가 되었다
꽃바람 살랑살랑 발걸음 설레인다
젊음의 시장기를 마음껏 채워가자

누가, 수양버들 뺑 튀겨서
면사포를 만들었는가
나폴나풀 나비들이 비단길에 흩날린다
팡파르 어서 울려라 신랑신부 나가신다

— 〈상춘객〉 전문

타고난 솜씨를 맘껏 뽐내는 詩 〈상춘객(賞春客)〉. “우리는 봄에 취해/ 신랑신부가 되었다/ 꽃바람 살랑살랑 발걸음 설레인다/ 젊음의 시장기를 마음껏 채워가자” 고 話者는 봄을 흠뻑 즐기는 것이 아니고, 스스로도 어느 사이엔가 오랜 역사의 가난뱅이 한국의 봄 季節 속에 푹 빠져 버렸다. 그러기에 누구나 김형식의 〈상춘객〉 봄 속에서 韓民族 전통의 비빔밥 신세가 되고야 말 것 같다. 우리는 조상대대로 오랜 빈곤의 역사를 허덕이며 누벼오면서 꽁보리밥으로 뭉뚱그린 비빔밥을 먹을 줄 모르고는 한국인 김형식의 순수한 詩世界를 왈가왈부하지 못하리라. 그러기에 〈상춘객〉은 어깨를 으쓱할 만도 하다. 나이프와 포크는 T.S. 엘리엇의 〈荒蕪地〉 속에 들어가 허우적이지도 못했다면 감히 그 손에 쳐들지도 말 일이고. 투기꾼 득실대는 江南땅에 아파트 10여 채쯤 거머쥐었다고 치자. 果然 그가 뉴욕 한복판에 건너가, 거드럭대며 맨해탄 거리를 두리번거리며 누벼 다녀본들 대수로울 것은 없으리라.

詩는 삶의 진실을 문학예술로써 형상화시키는 작업. 어차피 내가 붓을 들었으니 김형식의 그럴싸한 풍자랄까 새타이어가 부드럽게 넘치는 솜씨의 다음 작품 〈언제 비울까〉도 읽어가면서 다시금 즐겁게 얘기를 나눠보기로 하자.

비우고 또 비워도
비워지지 않는 그릇
욕심이 많아선지 그릇이 작아선지
뽕나무 그늘에 앉아 오디를 주워 먹는다

이놈아 비켜 서라
주인이 따로 있다
달큼한 오디맛에 정신이 쏘옥 빠져
허스레를 떨고 있는 꼬막풀보다 작은 그릇

달구는 먼 산 보고
관심도 없는데도

욕심만 채우고 있는 나는 과연 누구인가
비우고 또 비워내도 비워지지 않는 그릇

– 〈언제 비울까〉 전문

스스로를 돌아볼 줄 아는 話者의 "이놈아 비켜 서라/ 주인이 따로 있다/ 달큼한 오디맛에 정신이 쏘옥 빠져/ 허스레를 떨고 있는 꼬막풀보다 작은 그릇"은 共感度를 잔뜩 드높여 준다. 그렇다. '흰 것을 검다' 거나 '붉은 것을 희다' 고 하는 僞善 덩어리가 넘쳐나는 허깨비 精神風土 속에 살고 있는 우리들 스스로를 한 번쯤 돌아다보자.

김형식은 오디맛도 모르고 덤벙대는 우리들에게 警告狀을 휼 날리고 있는 것이다. 그렇다. 오스트리아의 정신의학자 프로이트(Freud, Sigmund. 1856~1939)가 그의 명저《꿈의 해석》(Traumdeutung, 1900)을 통해 정신분석학적으로, "무의식층을 意識으로 끌어낼 필요성"을 역설했다.

그가 이 탁월한 연구로써 '人間 心性의 內部 風景'을 통렬하게 파헤친 지도 어느새 100년이 훨씬 넘었건만, 아직도 우리 주변에서는 제정신을 가다듬지 못한 허구 많은 무리들이 헛수작으로 온통 세상을 오욕 범벅의 비빔밥으로 만들고 있다. 그러기에 그는 '詩人이여, 우리를 거듭 다시 反省시켜 주소!' 하고 외치는 것이다. 이제 시인 김형식이 〈메아리를 찾고 있다〉고 하니 그리로 함께 달려가 보자.

별들이 민둥산을 수색하고 있다
고라니가 헐레벌떡 실종 신고를 했다

무자비한 벌목으로 너부러진 나무들

하늘을 찌를 듯한 신음소리 애잔하다
아무리 둘러봐도 찾을 수 없는 숲의 요정
야호야호 불러봐도 대답 없는 메아리

앞산이 깨어나면 뒷산이 깨어나고
먼 산에 솔개가 뜨면 모두가 일어서서
메아리, 메아리로 숲을 보호했는데

메아리가 실종되었다는 사실이 알려지고
인간들의 오만함이 만천하에 드러나자
숲의 식솔들이 산골에 모여들어
목 놓아, 목을 놓아 울고 있다

하나를 얻기 위해 열을 버리는 짐승들아
꿀물만 핥지 말고 병든 지구를 바로 보라
잃어버린 메아리는 어디 가서 찾을 것인가

— 〈메아리를 찾고 있다〉 전문

화자는 참으로 가슴 쓰라린 絶叫를 하고 있다. "하늘을 찌를 듯한 신음소리 애잔하다/ 아무리 둘러봐도 찾을 수 없는 숲의 요정/ 야호야호 불러봐도 대답 없는 메아리"라고. 그렇다. 그는 골병들대로 마냥 지쳐가고만 있는 地球를 뜨거운 마음의 손으로 따사롭게 보듬어 안아보려 안간힘 쓴다. 무지한 인간들 스스로 내동댕이치고 있는 지구는 본래부터 어떤 존재인가. 이 地球덩어리는 銀河系에 속하는 太陽系에서 단지 하나의 惑星일 따름이다. 그럼에도 불구하고 우리들 스스로는 지구를 망가뜨리는 데 열중하고 있으니 탄식 속에 속을 끓이는 김형식. "메아리가 실종되었다는 사실이 알려지고/ 인간들의 오만함이 만천하에 드러나자/ 숲의 식솔들이 산골에 모여들어/ 목 놓아, 목을 놓아 울고 있다"라고 통곡한다. 그렇다.

김형식이 우리들 인간의 감수성에다 호소하고 있는 것은 우선 인간 최초의 倫理가 아니고 인간의 感覺이라고 하는 것을 이 詩가 제시해 주고 있는 것이다. 우리가 詩를 통해서 추구하고 있는 것의 說明으로서의 意味가 아니고 거기 쓰여져 있는 마음 속에서 喚起되는 存在感의 意味인 것이다. 우리 인간은 그가 살아가는 시대의 존재 감각을 통해서 그 시대의 삶의 의미를 획득해야 하는 것이라고 본다. 곧 그것이 이 詩 자체의 성패를 좌우한다고도 보련다. 그러기에 김형식은 다시금 〈지구가 이상하다〉고 深慮한다.

이놈의 무더위는
언제나 꺾이려나
귀뚜리 우는 소리 가을인가 했는데
푹푹 찌는 열대야는 청양고추 씹는 맛

더위를 잊고 싶어
죽부인을 껴안고
우물가 등목소리 비몽사몽 즐기다가

잠에서 깨어나 보니 아직도 찜통더위

지구가 화가 나서
몽니를 부리는가
이것을 두고 자업자득(自業自得)이라 했는가
내 탓이요 네 탓이다 지구가 이상하다

지구가 말을 건다
도와 달라 손짓한다
중력을 잃고 나서 쓰러지면 끝장이다
내 탓이요 네 탓이요 지구가 이상하다

— 〈지구가 이상하다〉 전문

"더위를 잊고 싶어/ 죽부인을 껴안고/ 우물가 등목소리 비몽사몽 즐기다가/ 잠에서 깨어나 보니 아직도 찜통더위". 누가 이렇듯 地球를 重病들게 하였는가. 시원하게 잠들고 싶어 마누라를 멀찌감치 돌려놓고 그 대신 대나무 등치를 부둥켜 안아봤자 찜통더위는 별 수 없단다.

아니 지구를 내동댕이쳐 뼛속 마디마디 골병들게 한 우리에게 話者의 회초리가 맵짜다기보다는 오히려 따뜻한 느낌이다. "지구가 말을 건다/ 도와 달라 손짓한다/ 중력을 잃고 나서 쓰러지면 끝장이다/ 내 탓이요 네 탓이요 지구가 이상하다"고 呼訴하는 오늘의 韓國詩人 김형식의 文明批評이야말로 한국시를 통한 상처뿐인 세상을 새롭게 어루만져주는 名醫의 處方箋은 아닌가 한다.

프랑스 인상파의 화가 세잔(Cezanne, Paul. 1839~1906)은 사과나무 밑에다 의자를 갖다 놓고 나서 자기 마누라에게 말하기를, "여보, 지금부터 내가 당신의 모습을 그릴 테니 여기 '사과' 처럼 앉아 있어요"라고 했단다. 자기 마누라를 '사과' 처럼 그린다니 도대체 그게 무슨 소린가.

그야말로 아직 난폭한 인간들이 망치기 전인 아름다운 '自然 그대로의 自然' 으로서의 自然의 모습을 한 번쯤 화폭에 담아보고 싶다는 것이 아니런가. 날로 더욱 망가져가는 地球를 걱정하는 시인 김형식에게서 화가 세잔의 순수무구한 영상이 클로즈업 된다. 우리 다 함께 잔뜩 拍手쳐 주기로 하자. 그러면서 우리는 이제 그의 〈휴양림〉으로 떠나가 보자.

잣나무 하늘을 향해 활시위를 당긴다
화살이 지난 자리 햇빛 들어 길을 내고
그 길 따라 하늘 높이 떠오르는 울창한 숲

청태산 휴양림에 숨어 있는 잣나무 집
도심 속 더위를 피해 찾아든 길손에게
피곤한 몸 내려놓고 쉬어 가라 손짓한다

솔바람 산들산들 계곡물은 졸졸졸
넓은 숲 깊은 골에 요정들이 찾아와서
밤하늘 은하 속으로 별구경 가자 한다

언제, 우리들이 마음을 비워 보았던가

황량한 가슴 열고 숲을 가득 채워가자
도심으로 가져가서 이웃과 함께 나누자구나

맑은 물 깨끗한 공기 조잘대는 새들 소리
주인은 누구인가 당신은 이방인인가
우리 함께 가꾸어 가자 아름다운 우리 숲

— 〈휴양림〉 전문

"솔바람 산들산들 계곡물은 졸졸졸/ 넓은 숲 깊은 골에 요정들이 찾아와서/ 밤하늘 은하 속으로 별구경 가자 한다". 김형식의 시 애독자 여러분, 이제 〈휴양림〉에 들어서니 그야말로 기지개 활짝 펴고 맘껏 살 것 같지 않은가요. 그러고 보니 우리가 살고 있는 지구는 김형식의 〈휴양림〉과 전혀 딴 세상이군요. 그러나 김형식은 걱정스럽게 주문하고 있네요. "언제, 우리들이 마음을 비워 보았던가/ 황량한 가슴 열고 숲을 가득 채워가자/ 도심으로 가져가서 이웃과 함께 나누자구나"라고.

여기서 문득 떠오르는 것은 필자가 가장 공감하고 있는 미국 시인 에즈라 파운드(Pound, Ezra Loomis, 1885~1972)의 "위대한 문학이란 가능한 한 최대한의 의미로써 충실한 언어다"(〈How to Read〉 1931)라고 한 견해이다. 필자는 〈휴양림〉에서 가능한 한 최대한의 의미로써 충실한 언어의 이미지화 작업을 탐색하느라 이 작품을 수십 번 읽어보았다. 그러면서 에즈라 파운드의 名言의 공감도를 실감해 보았다. 이번에는 〈가을의 초상〉을 감상해 본다.

창밖에
기대서서
비를 맞고 있는 사람아
이 마음 갈 곳 잃어 거리를 헤매는데
너는 지금 초연(招然)하게 그 누구를 기다리는가

초록의
그리움인가
별에서 온 어린왕자인가
단풍잎 너를 보며 아픔을 달랬는데
나는야 어찌 하라고 너만 가려 하느냐

가려면
어서 가라
주저 말고 떠나거라
세월의 낙엽 속에 그리움을 묻어 놓고
춘삼월 이 거리에서 너의 봄을 기다리겠다

— 〈가을의 초상〉 전문

"초록의/ 그리움인가/ 별에서 온 어린왕자인가/ 단풍잎 너를 보며 아픔을 달랬는데/ 나는야 어찌 하라고 너만 가려 하느냐"는 話者는 계절의 變移 속에 서서 自然과 스스로의 인생을 대비해 보는 敍情的인 자아성찰로 일관하고 있어 흥미롭다. 더구나 "가려면/ 어서 가라/ 주저 말고 떠나거라/ 세월의 낙엽 속에 그리움을 묻어 놓고/ 춘삼월 이 거리에서 너의 봄을 기다리겠다"

고 하는 긍정적인 結語로 맺는 것이 독자로 하여금 너무도 즐겁다.

여기서 생각나는 것은 17세기 프랑스 철학자며 수학자, 물리학자였던 파스칼(Pascal, Blaise. 1623~1662)의 또한 詩人으로서 그의 斷想이다. 그는 후학들의 손으로 뒷날에 가서 나온 유고집 《팡세》(Pensee)에서, "空間에 의하여 宇宙는 나를 감싸주고, 하나의 点으로써 나를 삼켜버리네, 하지만 思考에 의하여 나는 우주를 감싼다네" 라고 '생각하는 갈대' 를 노래했다. 그렇듯 파스칼은 거대한 우주가 자기 스스로를 감싼다고 했거니와 김형식은 "춘삼월 이 거리에서 너의 봄을 기다리겠다" 고 했으니 '생각하는 갈대' 와 더불어 '봄을 기다리는 새싹' 으로서 상호 비교 공감된다. 이것은 時空을 초월하는 슬기로운 인간의 高蹈的 이미지의 同化作用이 아니런가.

공(空)이 묻는다
"아궁이에 불을 지필 때라?
이는 무엇을 말하는 것이요"

중도(中道) 왈
"잔잔한 연못에 돌을 던지면
알 수 있으니 한 번 해 보시구려
마음도 이와 같음을 눈으로 볼 것이오"

그렇다면
"아궁이는 마음이고 불은 탐진치를 이름한다?

불을 지핌은 사계절이요
지피지 않음은 오계절로 보아도 되겠소?"

"그렇소 눈으로 보는 계절을 색이라 이름하고 무심(無心)으로 보는 계절을 공이라 하니 색도 공도 아닌 중도의 눈으로 보는 세상을 제 오계절이라 하오"

친구야, 우리
중도의 눈으로
이 세상을 보며 살아가자

— 〈오계의 대화〉 전문

이 시집의 표제가 참으로 중후한 〈오계의 대화〉이다. 凡人은 감히 접근하기 벅찬 콘텐츠를 시작품으로 형상화시키면서, "그렇다면/ 아궁이는 마음이고 불은 탐진치를 이름한다?/ 불을 지핌은 사계절이요/ 지피지 않음은 오계절로 보아도 되겠소?" 하고 반문한다.

잇대어 "그렇소 눈으로 보는 계절을 색이라 이름하고 무심(無心)으로 보는 계절을 공이라 하니 색도 공도 아닌 중도의 눈으로 보는 세상을 제 오계절이라 하오"라고 노래한다.

물론 김형식은 불교 中觀學을 바탕으로 하는 그 스스로의 새로운 詩的 論理로써 이른바 '第 五季節'을 설정하고 있다. 물론 이것은 작품의 성패여부를 떠나서 어디까지나 엄청난 詩文學的인 實驗 작업이다.

두 말할 나위도 없이 이것은 中觀學으로서의 色卽是空의 논리를 바탕으로 하는 그야말로 話者의 새로운 敍情化 작업이다. 中觀學이란 空의 논리학이며 解脫의 논리학이자 涅槃의 논리학인가 하면 緣起의 논리학이며 反論理學이요 中道의 논리학이고 解體의 논리학이자 脫二分法의 논리학이라고 하겠다. 話者는 조심스럽게 "친구야, 우리/ 중도의 눈으로/ 이 세상을 보며 살아가자" 고 다짐한다. 시인은 깨달음의 눈으로 이 작품을 전개시키고 있다. 여하간에 크게 주목받을 만하다고 보련다.

덧없는 세월 속에 흔적만 남았구려
인걸은 가고 없어도 봄날은 다시 왔도다
여상현(呂尙玄) 선생님은 한산 여주현(呂主鉉) 시인의 백씨

바람에 구름 가듯 살다 간 나그네여
그물에 걸리지 않는 바람, 바람이 되어
내 조국 이 산야를 얼마나 헤맸던가

성황당 돌무더기 느티나무 그림자
당신을 기다리며 놓을 수 없었던 지난 세월
화순 동면 샘골에 놓고 가신 빨간 자전거
그 숨은 뜻을 이제사 알 것 같습니다

당신의 예지력을 그때는 읽을 수 없었습니다
자유여 내 조국이여 한 많은 38선이여
이제는 걸림 없으니 이 땅에 편히 영면하소서

— 〈시인 여상현〉 전문

1930년대 후반, 한국시단의 선각자인 존경하는 여상현(呂尙玄) 시인을 추모하며 시인 김형식은 "덧없는 세월 속에 흔적만 남았구려/ 인걸은 가고 없어도 봄날은 다시 왔도다/ 여상현(呂尙玄) 선생님은 한산(韓山) 여주현(呂主鉉) 시인의 백씨(伯氏)"라고 작품 전개를 한다.

오늘의 우리 詩壇의 重鎭 한산 여주현 시인과의 친형제간이라는 것을 밝히는 것은 한국현대시문학사를 연구하는 모든 학자는 물론이고 오늘의 수많은 시인들에게 널리 알리는 값진 시문학사적인 큰 작업이라고 하겠다.

『시인부락』(1936. 11～1937. 12)하면 서정주 선생이 여상현 선생과 손잡고 역시 처음에 시인으로서 문단 출발을 했던 김동리(시인 겸 소설가) 그리고 함형수, 김광균, 김달진, 오장환 등등, 당대 한국을 대표하는 엘리트 시인들의 '시동인지' 로서 한국시문학사를 빛냈던 것이다.

따라서 오늘의 시대에서도 현대 한국시인들에게 마땅히 널리 알려야 할 중요한 작업이 아닐 수 없다. 『시인부락』 창간호(1936. 11)는 서정주가 편집 겸 발행인을 맡았었고, 그 후 2집부터는 오장환이 편집 겸 발행인이 되었다.

시인부락 동인들의 작품 성과와 업적은 종래의 '예술지상주의' 의 발자취를 순수문학으로서의 '인간주의' 바탕 위에서 '생명적 절실성 향상' 등, 한국 시문학의 눈부신 비약을 시도하였던 것이다.

이제 광복 직후인 1947년에 간행된 시집 《칠면조(七面鳥)》는 여상현(呂尙玄) 시인이 한국현대시문학사를 빛낸 생명적 절실성 향상 등, 인간주의 시문학 형성에 기여했던 작품집으로서 높게

평가되어 오고 있다. 그러기에 한국시단에 보기 드문 여상현(呂尙玄), 여주현(呂主鉉) 형제 시인 두 분의 시문학사의 발자취는 앞으로 우리가 거듭 널리 시문학적인 값진 인식을 해 나가야 한다고 보련다.

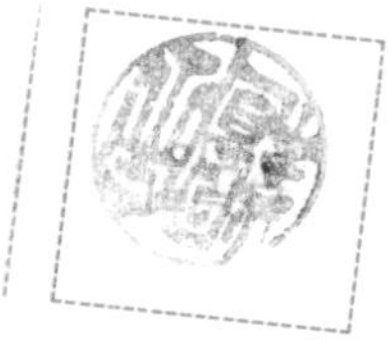

김형식 제2시집

오계의 대화

•

지은이 / 김형식
발행인 / 김영란
발행처 / 한누리미디어
디자인 / 지선숙

•

08303, 서울시 구로구 구로중앙로18길 40, 2층(구로동)
전화 / (02)379-4514, 379-4519
Fax / (02)379-4516
E-mail/hannury2003@hanmail.net

•

신고번호 / 제 25100-2016-000025호
신고연월일 / 2016. 4. 11
등록일 / 1993. 11. 4

•

초판발행일 / 2016년 11월 15일

•

•

값 10,000원

•

※잘못된 책은 바꿔드립니다.

•

ISBN 978-89-7969-727-8 03810